小説
1ミリシーベルト

松崎忠男

小説　１ミリシーベルト　目次

小説　1ミリシーベルト

この作品はフィクションであり、実在する人物・地名・団体・施設などとは一切関係ありません。

プロローグ

平成二十三年三月十一日――

「ひえ！」

突然の揺《ゆ》れに、思わず悲鳴が出た。

（なに！　これは！）

これまで経験したことのない大きな揺れだ。

咄嗟《とっさ》に椅子《いす》から立ち上がると、机上のパソコンのモニターと本体を手で押さえ、そのまま机に覆《おお》い被《かぶ》さるようにして揺れに耐えた。

首を捻《ひね》ると、八階の窓から住宅街が目に入った。家屋が倒壊する様子はなかった。

このビルは免震《めんしん》構造になっているから、特別に横揺れが激しいのだろうか。

まもなく、揺れは収まった。

（あー、助かった）

なんとか立ち上がると、手の平にじっとり汗をかいていた。

大志田信吾《おおしだしんご》、四八歳。経済産業省傘下の独立行政法人、産業技術研究所（通称「産《さん》技研《ぎけん》」）の放射線研究室長だ。茨城県つくば市の筑波《つくば》研究学園都市に所在する産技研は、エネルギー、環境、エレクトロニクス、材料、ライフサイエンスなど、幅広い分野の研究開発を行う日本屈指の政府系研究機関だ。

「広場に避難してください！」

「エレベーターは使わないように！」

叫び声が聞こえてきた。

部屋には他に誰もいなかった。

大志田は急いで執務室を出て、階段に向かった。防火シャッターが下りていた。すぐ脇の階段を降りて行った。階段の下のほうまで人の列ができていた。

広場には、すでに職員が大勢集まっていた。その中にジャンバー姿の橘幸一《たちばなこういち》を見つけた。

「橘君、どこにいたの」

大志田が部下の橘に声をかけると、

「私は事務棟の一階にいました」

放射線研究室は、橘のほかに室員があと三人の小所帯だ。今日は三人とも都内に外勤していた。

「携帯が通じない」と言った声が聞こえてきた。

大志田も自宅に電話してみたが、通じなかった。

「あっ、また来た」

「余震だ」

「これも大きいぞ」

大きな揺れに、また悲鳴が飛び交《か》った。さっきの地震ほどではないにしても、これも相当大きな地震だ。

やがて、総務部の危機管理担当から、各部署の長の指示で、適宜《てきぎ》、早期帰宅するよう連絡があった。職員は、それぞれ職場に戻って行った。

大志田は、橘に早めに帰宅するよう指示してから、研究本館八階の執務室までさっき降りた階段を上った。

執務室の床に落ちていた書籍やファイルを本棚に戻すと、大志田も帰宅することにしいた。窓から眺めると、筑波研究学園都市を南北に貫く学園東大通りはすでに車が混んでいた。

自動車通勤の大志田は、今日は車を置いて、歩いて帰ることにした。自宅は、つくばセンター駅から筑波山方面に歩いて二〇分なので、ここからは四〇分かかる。

案の定、信号機の故障で交差点はどこも混乱していた。幹線道路沿いの歩道を歩いてつくばセンター駅方面に向かう人が、多く目についた。


「今日は肝を冷やしたよ。こんな揺れは生まれて初めてだ」

玄関の扉を開け、開口一番そう言うと、妻の道子《みちこ》と小学四年生の寛治《かんじ》がリビングから飛び出してきた。

「家はどうだった」

「リビングで掃除機をかけていたのよ。驚いて、すぐ庭に飛び出したわよ」

道子は興奮気味に、目を丸くして応えた。

「寛治はどうだった」

「僕は運動場に避難したよ。避難訓練と一緒だよ」

寛治は、ケロッとしている。

二階の書斎の本棚は倒れ、机にもたれ掛かったままになっていた。床には本や日用品が散乱していた。

電気や水道に問題はなかったが、ガスが止まっていたので、夕食は、ポットのお湯を使ってインスタント食品で済ませた。

テレビには、信じられない光景が次から次へと映し出されていた。

岩手県宮古《みやこ》市では、魚市場の青いプラスチック容器や車などが濁流《だくりゅう》でもみくちゃにされていた。

宮城県気仙沼《けせんぬま》市では、民家の屋根、傾《かたむ》いた車、転覆《てんぷく》した漁船、折れ曲がった電柱など、ありとあらゆる物がまるでベルトコンベアーに載せられたように水に流されてゆく。

宮城県名取《なとり》市では、住宅街が津波で流され、まだ浸水しているのに、住宅には火の手が上がっていた。

海外で起こったこうした映像を見たことはあるが、ほんの三~四時間前に東北地方で実際に起こったと思うと、身の毛がよだつ思いがした。

震度が発表された。

震度七が宮城県栗原《くりはら》市、震度六強が宮城県、福島県浜通《はまどお》り、茨城県北部など。つくば市は震度六弱、東京は震度五強だった。

つくば市が震度六弱だったと知って、あれだけの揺れなら、と納得した。

この日、午後七時過ぎに原子力緊急事態宣言が発令された。その後、午後九時過ぎには、福島第一原子力発電所から半径三キロメートル圏内に避難指示、三〜一〇キロメートル圏内に屋内退避が指示された。

ニュースを見ながら、大志田は思っていた。原発は、この程度の地震ではびくともしない。いくら念のためだとしても、ここまで避難させる必要はない。それよりも津波被害対策を急がなければ……。

眠りに入ったかと思うと、地震の揺れでまた目を覚ます。大志田は寝つかれず、不安な夜を過ごしていた。

第一章　放射能分析

1

　三月十四日、月曜日——

　大志田は普段どおり九時半に出勤した。

　放射線研究室の扉は開いていた。部屋に入ると、橘がパソコン画面に集中していた。橘の肩越しに、茨城県地図が表示されているのが見えた。

「何か変化は出てる？」

　大志田が背後から声をかけると、

「あっ、おはようございます」

　橘は慌てて振り返った。

「特に変化はないようです」

大志田は胸を撫《な》でおろした。一昨日の午後、福島第一原子力発電所一号機が爆発して、放射能が気になっていたからだ。もし放射線が漏《も》れていたら、つくば地区の環境放射能モニタリングをすぐ始めるつもりだった。

「ネットで茨城県の放射線モニターにアクセスしたけど、昨夜はまだ載ってなかった。きっとモニタリング・ステーションが地震でやられてるんだよ」

茨城県内には放射線測定局が四〇箇《か》所ほど置かれている。測定結果は、県の環境放射線監視センターに集約される仕組みだ。監視センターから県庁や市町村役場に配信、ホームページにもリアルタイムで公開されている。ただ、測定局は東海村など県北地域に集中しており、つくば地域には置かれていない。

「みんな、今日は出勤無理かな?」

「たぶん、無理だと思います。つくばエクスプレスは朝晩しか動いてないようですし、常磐《じょうばん》線も取手《とりで》までしか運行されていないはずです」

産技研には都内在住者も多く、常磐線が取手止まりだと通勤は難しい。

「すると、今日は、つくば在住の私と君だけか」

大志田は、部屋の奥に置かれたテレビのスイッチを入れた。企業がコマーシャルを自粛しているのか、AC《エーシー》ジャパンの公共広告が繰り返された。チャンネルを変えると、コンクリートの建物がポツンポツンと点在する戦災直後の焼け野原のような光景が映し出された。津波で壊滅的な被害を受けた宮城県南三陸《みなみさんりく》町の変わり果てた姿だった。

宮城県東松島《ひがしまつしま》市では、津波で泥まみれの体育館の中に、多くの遺体が収容されていた。汚れたマットの上に遺体が置かれ毛布で覆われていた。

岩手県陸前高田《りくぜんたかた》市では、老人ががれきの中から家財道具を運び出していた。後ろ姿が寂《さび》しそうだった。

次から次へと流される痛ましい映像に、大志田は胸が痛んだ。

じっくり読もうと、家から持ってきた朝刊に目を通した。

当初、マグニチュード八・四とされた地震の規模は、その後八・八に変更され、さらに九・〇へと見直されていた。

警察庁まとめとして、十四日午前〇時現在の犠牲者数は死者一五九七人、行方不明者一四八一人と記されていた。

これは、現時点で確認された犠牲者数という意味で、今後大幅に増えるのは必至だ。現に宮城県では、「死者が一万人を超えるのは間違いない」との県警本部長の見通しが載っていた。

テレビの音が急に大きくなった。

画面に目をやると爆発シーンだったが、このところ繰り返し放送されていた一号機の爆発映像とは違うようだ。

『三号機で爆発!』と文字が大映しになった。望遠レンズで撮っているせいか不鮮明な映像だが、四角い原子炉建屋の上部が吹き飛ばされたように見える。古い映像を見ているようで、いまひとつ実感が湧《わ》かない。

専門家が爆発の原因についてコメントしていた。制御棒が挿入された原子炉は、停止しているはずという。制御棒がきちんと挿入されてさえいれば、爆発が起こることは原理的にはあり得ない。しかし、あり得ないはずのことが、いま現実に起こっている。しかも、東京から二百数十キロしか離れていない地点で……。

大志田は、放射能については熟知しているが、原子炉そのものの専門家ではない。この先、福島第一原子力発電所の事故がどうなっていくのか、漠然と不安を感じ始めていた。

　午後、二人はシンチレーション・カウンタを持って研究本館の屋上に上がった。シンチレーション・カウンタは、空気中のガンマ線を測定する放射線測定器だ。バック・グラウンドと比較すれば、すぐ異常を発見できる。

　学園東大通りは普段より車が少なかった。学園都市内の研究所は、どこも自宅待機なのだろう。産技研の敷地内に散在する駐車場は空きが目立った。晴れた日には、くっきりと見える筑波山は鉛白色《えんぱく》に霞《かす》んでいた。

　橘は、屋上をあちこち移動しながら、ガンマ線を測定した。普段と違いはなかった。

「ここもバック・グラウンドと変わりません」

「放射性物質は出てないようだね」

「爆発からもう二日経っていますから、放射能が漏れているとしたら、線量計に何か出ないとおかしいですね」

　何回測定しても同じ結果に、橘も飽きてきたようだ。

「今朝の爆発も大丈夫だとは思うが……。でも万が一ということもあるからね」

大志田は、念のために放射能測定の準備をしておくよう指示した。

「サンプリングは、ビニールシートを広げ、降り積もった埃《ほこり》をスメアで掻《か》き集めて……」

スメアとは、濾紙《ろし》などで埃と一緒に放射性物質を拭《ふ》き取って表面の汚染の度合いを測定する方法だ。

「サンプリングは一時間でいいだろう」

「場所は、どこにしましょうか?」

大志田は周りを見渡した。

「向こうのテニスコート横の空き地がいいだろう」

時折《ときおり》、強く吹き抜ける風に砂埃が舞い上がっていた。事務棟の非常用出入口の扉が風に煽《あお》られて、開いたり閉じたりしていた。

荒れ模様の天候に、大志田は何となく落ち着かない気持ちがしていた。

「このあと早速準備します」

「明日でいいよ。福島からそんなに早く飛来しないよ」

大志田は研究室に戻り、残務整理をすると早めに帰宅した。

夕食後、リビングでテレビを見ていた。

原発周辺住民の避難の様子が出ていた。福島県大熊《おおくま》町から同じ県内の田村《たむら》市の体育館に避難した人達だ。床には布団、毛布、スーパーのレジ袋などが乱雑に置かれている。布団の上で毛布に包《くる》まる人、折り畳《たた》み椅子に座って項垂《うなだ》れている人、公衆電話の長い列に並ぶ人々……。

三月十一日夜から翌十二日にかけて、半径三キロメートル、一〇キロメートル、そして二〇キロメートルと立て続けに避難対象区域が拡大されていった。変更のたびに移動を繰り返した者も少なくなかった。住民の多くは事故の状況や今後の見通しも知らされないままだ。ほんの二～三日のつもりで、着の身着のままで避難先に向かった者も多かった。

星野《ほしの》官房長官が記者会見で、「念のため」とか「万全を期すため」と繰り返すばかりで、福島第一原子力発電所がどの程度深刻な状況にあるのか、今後の見通しはどうなのか、伝わってこない。

突然、『茨城県北部で放射線モニターの値が急上昇』とテロップが映し出された。

――茨城県東海村の放射線モニタリング・ステーションで毎時〇・三五マイクロシーベルトの値を観測しました。これは平常時を大きく上回る値で――


「おーい、放射線が漏れたぞ」

大志田は大声で叫んだ。

食事の後片付けをしていた道子は慌ててリビングに飛んできた。

テレビ画面が切り替わった。

アナウンサーが緊張した面持《おもも》ちで、各測定局から得られた速報値を読み上げた。

「このあたりはわからないの？」

道子が心配そうに尋ねた。

「このくらいなら大丈夫。ただ、今後どうなるかだな……」

放送されている放射線レベルなら、せいぜい平常時の一〇倍程度で心配いらないが、今後どう変化するかは見当をつけようがなかった。

橘に電話して、明日から放射能分析に取り掛かると告げた。サンプリングの準備は、今日午後にほぼ終えたという。明日は早めに出勤するよう指示して電話を切った。

2

翌日、大志田は午前八時に研究室に駆《か》けつけた。

青色のビニールシート、巻尺《まきじゃく》、ガムテープなどがすでに作業机の上に置かれていた。

橘は大志田に気づくと、「室長、上がってます」と言いながら、プリントアウトした用紙を大志田に手渡した。

茨城県内のモニタリング・ポストの測定値一覧だった。ところどころ空白がある。

昨夜、テレビで報道されていた数値とあまり変わっていない。避難を要する放射線レベルではなさそうだ。

放射線研究室で今できることは、環境放射能のモニタリングだ。福島から飛来する放射性物質を分析して、それを確実に情報発信することが必要だ。放射能測定に取り掛からなければならない。

二人は荷物を手分けして、テニスコート横の空き地に向かった。すでに麻のロープが張り巡らされ、実験中とマジックで書かれた用紙がロープに括《くく》り付けられていた。

「今朝、何時に出勤したの?」

「七時です」

「ゆうべは眠れた?」

「あまり眠れませんでした」

「私も神経が昂《たかぶ》って、なかなか寝つけなかった。今日も二人だけかもしれないから、よろしく頼むよ」

研究本館一階の会議室に道具を持ち込み、測定の準備をした。放射能を受け止める縦一メートル、横一・五メートルのビニールシートを枠《わく》付きの大きなパネルにガムテープで固定した。パネルを別のシートで覆《おお》って持ち出し、空き地の地面に敷いた農作業用の青色シートの上に置いた。昨日の風は収まっていた。

「ちょうど十時だ。覆いを取ろう」

橘はパネルの覆いを取り去った。

大志田は一旦《いったん》、執務室に戻った。

テレビをつけると、原子炉の爆発のニュースをやっていた。二号機だった。今朝六時過ぎに衝撃音とともに格納容器内の圧力抑制室が損傷し、放射線が外部に漏れた。福島第一原子力発電所の正門前では、毎時八二一七マイクロシーベルトの放射線量が観測された。原発のすぐ近くとはいえ、このような高い線量が検出されたことに、大志田は緊張感を覚えた。

十一時に空き地に戻り、橘と二人でパネルを会議室に運び入れ、試料作製に取り掛かった。ビニールシートの上に縦横一〇センチの正方形を四箇所定めた。環境に暴露した一時間の間に付着した埃を濾紙で拭き取り、アンプルに入れるのだ。二箇所ずつ分担して、細かい作業に集中した。

大志田は三〇分ほどで作業を終えると、

「よし、これで二つできた。君のほうはどう？」

「もう少しです」

「そうすると、あとは検出器に掛けるだけだ。何時頃《ごろ》、結果出せるかな？」

「夕方には間に合わせます」

午後、大志田はシンチレーション・カウンタで駐車場の放射線量を一時間ごとに測定することにした。
　測定の合間には、図書室で主要紙の見出しを中心に福島第一原子力発電所事故の流れを追った。

――三月十二日付朝刊　福島第一　放射能漏れの恐れ
　原発　避難指示
　原発「想定外」の危機　冷却水注入できず――
――三月十二日付夕刊　原発制御　危険水域――
――三月十二日付号外　原発　強い放射能漏れ
　福島第一原子力発電所で炉心溶融か　爆発――
――三月十三日付朝刊　福島第一原子力発電所で爆発
　一号機炉心溶融の恐れ
　炉心冷却へ最終手段――
――三月十三日付特別夕刊　三号機も給水機能喪失
　安定停止三機のみ――

——三月十四日付朝刊　原発の非常用電源全滅——

——三月十四日付号外　原発三号機で爆発　炎と大量の煙　爆音二度響く——

——三月十四日付夕刊　原発三号機も爆発

炉心溶融の恐れ

放射性物質拡散の恐れ——

——三月十五日付朝刊　燃料棒全て露出

三号機も爆発危機

冷却水制御手探り

原子炉冷却対応後手——

原子炉の状況が、刻々と悪化していることが窺《うかが》えた。

政府高官や東京電力の記者会見よりも、新聞報道のほうが事態をより深刻に伝えている気がした。

経済産業省の原子力安全・保安院の審議官が、一号機が爆発した三月十二日の記者会見で、炉心溶融が進んでいる可能性があると発表した後、官邸からの圧力で更迭《こうてつ》された模様、と某紙に書かれていた。原子力安全・保安院は、その後、燃料棒の部分損傷は認めるものの、炉心溶融には否定的な見解を示している。しかし、新聞には、炉心溶融という言葉は十二日からずっと載っている。何を信用すればよいのかわからなくなっていた。

午後五時、大志田と橘は、ゲルマニウム検出器の横のモニター画面を見ながら議論していた。画面の左上から右下に向かって赤い帯、その下に平行に青い帯、それぞれ色鮮《あざ》やかに表示されていた。

赤は今日採取した試料の放射能、青は比較のためのバック・グラウンドで、採取した試料を置かないで測定したスペクトルだ。横軸は放射線のエネルギースペクトル、縦軸は放射線の強さ、つまりベクレル数を意味する。

大志田は、モニター画面を一目見て、安心した。深刻な汚染レベルではないことが確認できたからだ。駐車場で測った放射線量も毎時〇・一～〇・六マイクロシーベルトと、平常時より一桁《けた》高い程度に収まっていた。

橘は、モニター画面に物差しをあてがい、赤帯と青帯の距離を測って、左端の目盛と比較した。

「バック・グラウンドとは二〜三桁違いがありますね」

「そうだね。まあ、これなら心配いらないよ。左上のこのピークがヨウ素一三一？」

ヨウ素一三一は、原発でウランやプルトニウムが核分裂した後に生じる代表的な放射性核種だ。半減期は八日と短いが、甲状腺に集まる性質から、被曝《ひばく》で真っ先に問題になる。

「それがヨウ素一三一です」

「セシウム一三七はどれ？」

橘は「これです」と、画面上の一点を指差した。セシウム一三七もピークが出ていた。

「これが二つ目の試料の分析結果です」と橘が画面を変えた。一つ目の結果と、ほとんど変わらない。「三つ目です」と示した結果も同じ傾向を示していた。

「これが四つ目ですが……」と橘が切り替えた画面は一見して赤帯が低かった。

「ヨウ素もセシウムも、他のサンプルより明らかに低いね」

「私の試料作製がまずかったかもしれません……」

橘は口籠《ごも》った。

「三つの平均を取ればいいよ。四つ目はなかったと思えばいい」

大志田は、結果の公表を急ぎたかった。緊急時に悠長《ゆうちょう》なことは言っておれない。

「サンプルのバラツキか、それとも試料作製のミスか、検証しなくて大丈夫ですか？」

「今は結果を早く出すことが肝心だよ」

分析の厳密さを求める橋の気持ちも、わからないではなかった。時間的に余裕があれば、試料採取からやり直せばよいが、今はそんな時間的余裕はない。バック・グラウンドに比べ二〜三桁高いが、深刻な汚染レベルではないことがわかったのだ。今は、それが何よりも大切な情報だ。大志田は、駐車場で測定した放射線量の値と併《あわ》せて、早く結果を発信したいと思っていた。

産技研の公開ホームページに分析結果が掲載されたのは、夕方六時過ぎだった。


その日、大志田は念のため自宅でも測定してみようと、小型の放射線測定器を持ち帰った。

食事を終えて、測定器を鞄《かばん》から取り出して食卓に置くと、すでに食事を済ませていた寛治が物珍しそうに近寄って来た。

青色に縁取りされた測定器は、真ん中の液晶表示の下に『はかるくん』と愛称が記されていた。『はかるくん』は、文部科学省が放射線の理解促進のため、誰でも簡単に放射線を測れるようにと開発したタブレットサイズの測定器だ。

「パパ、『はかるくん』って何？」

「放射線測定器だよ。これなら寛治でも放射線を測れるよ。ここのスイッチを押すと、ほら、点滅するだろ」と、大志田は寛治に測定器を手渡した。

「一分くらいすると、結果が表示されるはずだよ」

測定器を食い入るように見つめていた寛治が「あっ、出た。〇・〇八。単位は？」と大志田に数値を示しながら質問した。

「数字の横に記号が記されてるだろ。この場所に一時間いると〇・〇八マイクロシーベルト被曝《ひばく》するという意味なんだ」

「〇・〇八だと高いの？」と道子が言った。

「普段より、ちょっと高めかな」

「福島からここまでどうやって放射線が届くの？」と道子が真顔で尋ねた。

大志田は、質問の意味を図りかねた。

「届くって？　ビーム光線みたいに届くわけじゃないよ」

大志田は、誰にでもよくわかるように説明した。

「爆発で放射性物質が空中に撒《ま》き散らされるだろ。そうすると、風に乗って遠くまで運ばれ、地上に舞い落ちたり、雨と一緒に降り注ぐわけだよ。地面にばら撒かれたり、建物に付着した放射性物質から、放射線が出るんだ」

「花粉と同じと思えばいいの？」

「まあ、そうかな」

「眼や鼻は心配しなくて大丈夫なの？」

「眼？　眼のことはよくわからないなー。ただ、吸い込むと被曝する。内部被曝っていうんだ」

「じゃあ、マスクしなくて大丈夫？」

道子も被曝のイメージが掴《つか》めたようで、次から次へと質問する。

「今日、産技研で測った結果からすると、そこまでする必要はないよ。放射線量は普段より一桁高かったけどね」

「一桁って一〇倍？　一〇〇倍？　大変じゃない！」

道子は眼を丸くした。

「まあ、落ちつけって。一桁高いといっても放射線量はまったく問題にならないよ。逆にいうと、それくらい普段が低いんだよ」

「つくばで一桁高いと、福島の現地はどうなの？」

「よくわからない。福島でも場所によるよ」

「珠美《たまみ》さん、大丈夫かしら」

大志田の妹、珠美が福島市内に住んでいた。

「原発の近くならともかく、心配いらないよ」

「いつまた爆発するかわからないし、心配だわ」

「それよりも野菜が心配だな。おそらく二～三日すると放射能汚染で騒ぎになる」

「野菜は控えたほうがいいかしら」

「よく洗えばなんの問題もないよ」

「このおひたしは大丈夫？」

大志田は、大きく開けた口に残っていたおひたしを放り込み、おどけて見せた。

3

測定は四日目に入っていた。

今日から室員五人全員が揃《そろ》った。つくばエクスプレスが間《ま》引き運転ながら終日動くことになったからだ。

昨日までは大志田と橘の二人だけだったので、初日と同じように放射能濃度のサンプリングは二人で行い、その分析は橘が行った。一方、駐車場での放射線量測定は大志田が受け持った。

研究室の作業机で、これまでの放射能分析結果を確認しながら、今後の計画を話し合った。

「やはりヨウ素一三一の減少は早いですね。ヨウ素一三一は、十五日に一二四ベクレルでしたが、十六日は二三ベクレル、十七日は六ベクレルです」

橘が言った。

放射能レベルは、測定を始めた十五日をピークに下がってきていた。

「ヨウ素一三二と一三三は？」

大志田が訊《き》いた。

ヨウ素には一三一のほかに、一三二と一三三の同位体がある。どちらも放射性だが、半減期は一三一の八日よりさらに短く、それぞれ二三時間と二一時間だ。

「一三二は三八、一八、七、一三三は一六、四、一と大きく減少しています」と橋。

「やっぱり十二日の一号機の爆発ではなく、十四日の三号機の爆発で漏れた放射能だろうね。あと二号機と四号機からの放射能漏れがどうなるかだ。肝心のセシウム一三七は?」

「十五日に四ベクレル、十六日、十七日とも二ベクレルです」

ヨウ素一三一に比べてセシウム一三七の減り方が遅いのは、半減期がヨウ素一三一に比べて遥《はる》かに長いからだ。今後何十年にも亘《わた》って悩まされ続けることになる厄介《やっかい》な代物《しろもの》だ。

「週末の分析体制はどうしよう。明日十九日から春分の日まで三日間だよ」

大志田が確認すると、室長代理の末永加代子《すえながかよこ》が、

「これまで皆に迷惑かけていたし、三日間とも出てきます」

末永は四〇代前半で、放射線研究室では大志田に次ぐベテランだ。子育てが一段落し

て、研究に弾《はず》みがついている。

「橘君はどうする？　家が近いし、勉強だと思って頑張ってみるか」

大志田の激励に、橘が頷《うなず》いた。

「室長、テレビ関東からお電話です」

アルバイトの女性が電話を取り次いだ。

「やれやれ、今度はマスコミか」

大志田は、自分の執務机の受話器を取った。

明日夕方の生放送番組にゲスト出演してもらえないかとの依頼だった。放射線被曝対策について特集を組むという。

放射線被曝について正しく理解してもらうには、テレビ出演は効果的だ。出演を引き受ける旨を伝えて、電話を切った。

「室長、いろいろありますね」

この一週間一緒に奮闘してきた橘が言った。

「そうだよな。食品安全委員会も来週から毎日やるそうだし」

昨日、内閣府から食品安全委員会開催の連絡がきていた。食品中の放射能濃度について集中審議するという。大志田は、専門委員を長年務めている。

「みんな揃ってよかったよ。放射能分析はみんなに任せて、私は対外的な仕事に専念するからね」

これから忙しくなりそうな予感に、大志田は気持ちを引き締めた。


午後、大志田は執務室で、翌日のテレビ出演に備えて説明用の資料を作成していた。ノックと同時に誰か入ってきた。「ちょっといいかい」と言う呼びかけに大志田が顔を上げると、江口《えぐち》企画部長だった。大志田は椅子から立ち上がり、頭を下げた。

「JA《ジェーエー》つくばから連絡があってね」

江口企画部長は立ったまま話し始めた。

「放射能汚染で農家が混乱しているので、放射線の専門家に説明してもらえないかと言ってきたんだよ」

大志田は、気が重かった
「場所は、どこですか?」

「農協で。地元農家を集めるらしい」

引き受けるのに吝《やぶさ》かではないのだが、農家に放射線の話をわかってもらうのは難しい。産技研の訪問者に一生懸命放射線の説明をしても、あまりの理解の低さに愕然《がくぜん》としたことが、これまで何度もあった。農家だと高齢者が多いだろうし、なおさらだ。しかし、放射線の理解促進も自分の職務のうち。引き受けないわけにはいかなかった。

食品安全委員会で来週から毎日霞が関に出掛けると告げたが、江口企画部長は、

「やってくれるね」

命令に近い言いぶりだ。

「いつですか?」

大志田は引き受けざるを得なかった。

「できるだけ早めにお願いしたいということだった」

「いずれにしても土日ですね」

「うん、大変だろうけど頼んだよ。君の連絡先を教えておくから」

江口企画部長は、そう言って部屋を出て行った。

午後遅く、JAつくばの山田《やまだ》総務部長から電話があった。

放射能汚染の噂《うわさ》で農家は混乱しており、農産物の放射能汚染についてわかりやすく説

明してほしいとのことだった。

大志田は承諾した。

4

三月十九日、土曜日――

「猪俣《いのまた》先生、暫《しばら》くじゃね」

「ちょっと風邪ひいたけん」

「大学は忙しいのかね」

「春休みだし、ちょっと疲れが溜《た》まっただけじゃけん。三度入れば風邪知らずじゃけんな」

猪俣は、食堂の壁に貼《は》られた温泉の宣伝ポスターを見ながら笑った。

――神楽門前湯治村《かぐらもんぜんとうじ》の泉質は、湯ざわりのよい天然ラドン温泉。

肌に優しく、美人の湯と評判あり！

三度入れば風邪知らず、名物・岩かげの露天風呂は天上極楽——


「晩御飯は食べていくの？」

「今日はいらない」

「体に気をつけなきゃ駄目よ！」

携帯電話が鳴った。

脇に捏《つく》ねたジャンバーのポケットから携帯電話を取り出し、急いで耳に当てた。

『猪俣先生でしょうか？』

丁重な物言いに、猪俣は首を傾《かし》げた。学生には、携帯番号は知らせていない。俺《おれ》のことを先生と呼ぶ人は……。

「ええ、猪俣ですが」

『こちら内閣府食品安全委員会事務局の……』

先方から内閣府と切り出されて、緊張が走った。

『福島第一原子力発電所の事故を受けまして、食品の放射能基準について集中審議することになりました。そこで先生に参加いただきたく唐突なお願いかと思いますが、お電話させていただいた次第です』

放射能と聞いて合点がいった。が、すぐまた疑問が湧いた。

（なんで俺に……）

猪俣勉《つとむ》、五五歳。H大学理学部生物学科准教授だ。専門は放射線生物学、放射線が生物に与える影響、とりわけ、人体に与える影響について研究している。

『異常事態ですから、専門家の方を幅広く募って審議に臨む所存です。つきましては、先生に参考人としてご出席いただきたいのですが、お引き受けいただけますでしょうか？』

「私なんかがどうして」

暫く沈黙が続いた。

『えー、猪俣先生のですね、これまでの、えー、放射線についての長年の研究実績と……』

しどろもどろの返答だ。

（どうせ、何か裏があるのだろう）

「で、会議はいつですか？」

『何分《なにぶん》このような事態ですので、三月二十二日、来週の火曜日から今月末にかけて集中的に審議する予定です。先生は遠隔地にお住まいですので、その間は出張扱いでお願いします』

猪俣は参考人の依頼を了解して、電話を切った。


その夜、猪俣はアパートに帰ると、テレビを見ながら、コンビニ弁当と缶ビールで夕食を取っていた。このところ、どのチャンネルも震災一色だ。

番組司会者がテレビ局に寄せられたさまざまな疑問を投げ掛け、専門家がそれらに答えていた。

「……産業技術研究所の大志田放射線研究室長をお招きして……」

聞き覚えのある名前に、猪俣はテレビににじり寄って画面を注視した。

（大志田信吾だ！）

濃紺のスーツに赤のネクタイ姿が大映しになった。学術誌やネットで時々目にしていたが、幾分《いくぶん》老けて見えた。髪にも白いものが混じっているようだ。

「大志田先生は、まず現状をどのようにご覧になっていますか？」

「そうですね、情報が錯綜《さくそう》して混乱しているように思います。同じ被曝線量でも、危険だという専門家もいれば、大丈夫だという専門家もいて、何が本当なのかわかりにくくなっています」

「どうすればいいんでしょう？」

「正しい情報に基づいて冷静な判断をすることが大切です」

大志田の声を聞くのは久しぶりだった。真面目そうな感じは昔と変わっていない。

「我が国の放射線防護体系は国際放射線防護委員会、ICRP《アイシーアールピー》といいますが、この委員会の勧告に基づいて定められています。ICRPは放射線防護に関する学術組織です。国際的に最も権威あるものと各国で受けとめられており、日本だけでなく欧米各国でも、ICRP勧告に基づいて国内法令が定められています」

大志田の淀みない説明が続いている。

猪俣は畳の上に横になった。T大学理学部の彦坂《ひこさか》研究室で助手をしていたあの当時のことを思い出していた。二〇年以上も前のことだ。

日曜日の午後遅く、猪俣は一人実験室の奥まった資材置き場で実験に使えそうな器具を探していた。

　廊下を歩く靴音《くつおと》が近づいてきた。話し声がする。

（誰だろう。こんな休みの日に？）

「……あと五年で定年だからね」

　彦坂和昌《かずまさ》教授の声だった。

「君が早くドクター（博士号）を取って助手になってくれないと……」

（大志田に話しているのだろうか？）

「猪俣さんがいるじゃありませんか」

（大志田だ！）

「そりゃ、そうなんだが……」

　時々、「ええ」と相槌《あいづち》を打つ声が聞こえた。

「それに、他大学出身者だしね」

　靴音が聞こえなくなるまで猪俣は、その場に蹲《うずくま》っていた。

　その日を境に、猪俣は変わった。それまでの猪俣は、彦坂研究室をいずれ継承できるのではないかと思っていた。それを励みに研究に勤《いそ》しんできた。しかし、その可能性は端《はな》からなかったのだ。なんと馬鹿《ばか》だったんだろう、と自責の念に駆られた。

これまで彦坂に尽くしてきたつもりだった。彦坂は口にこそ出さなかったが、この俺を後継者に考えているふうだった。周りからもそう見られていた。研究室内にライバルはいなかった。だが、大志田が学部四年のとき彦坂研究室に加わり、やがて大学院修士課程に進み、頭角《とうかく》を現すようになると、状況は一変した。

いつまでもこうしておれないと焦《あせ》る反面、このままおとなしく引き下がるのも癪《しゃく》だった。そうした屈折した気持ちの日々が続いていた。

彦坂の研究手法にある種の強引さを感じたのは、それまで一度や二度ではなかった。彦坂の研究データの多くは、猪俣や院生の手によるものだった。彦坂は、そのうち自分の仮説に適《かな》う結果のみを採り上げた。仮説にそぐわない実験結果は捨て去り、最初からなかったものとした。意図的に過ぎれば研究者としてあるまじき態度だ。

あるとき、研究手法を巡って研究室内で口論となった。猪俣のムラサキツユクサを使った実験に、院生らが相次いで疑問を投げかけたのだ。

ムラサキツユクサは、青色を示す優性遺伝子とピンク色を示す劣性遺伝子があり、普通は青色を示すが、なんらかの理由で突然変異を起こすと、劣性遺伝子の働きでピンク色に変わる。ムラサキツユクサのこの性質を利用して、昭和五十年代には全国各地の原子力発電所周辺で低線量の放射線調査が行われ、新聞・雑誌などで取り上げられた。突然変異率が統計学的に有意な精度で上昇する例も見られたが、それが放射線によるものなのか、農薬や気象条件などその他の要因によるものなのか結論には至っていない。

「猪俣さんのムラサキツユクサの実験データは、バラツキが大き過ぎませんか？」

「大志田君の実験結果は、諸外国の先行事例ともよく整合性が取れている。彦坂先生の仮説の裏づけに使えそうだね」

「ムラサキツユクサの突然変異が放射線によるものかどうかは学会でも議論があるでしょ。彦坂先生も使いたがらないと思います。別のモデルでやり直したらどうですか？」

「猪俣さん、別のモデルで実験やり直しましょうよ。私達も手伝いますよ」

大志田が皆の意見を代弁《だいべん》して、猪俣にやり直しを促した。

「ほっといてくれよ、これは俺の実験だ！」

大志田の態度にムカついた。新参者のくせに院生を代弁するような態度で、助手のこの俺に異見してくる。

「君みたいなT大卒のサラブレットと違うんだ。俺みたいな他大学出身者は、いくら頑張ってもT大教授にはなれないけどな！　俺にだって研究者として意地があるんだよ！」

室内が凍りついた
大志田はポカンと口を半開きにしたままだ。

「そんなことはないよ」

背後から聞こえたその声に、猪俣は心臓が止まる思いがした。

いつのまにか、彦坂が部屋に入ってきていたのだ。

肩を窄《すぼ》め、恐る恐る後ろを振り向くと、目の前に彦坂が悠然《ゆうぜん》と立っていた。

「確かにこれまではそうだったかもしれない。でもねー、もうそういう時代じゃないよ」

彦坂が猪俣を諭《さと》すように言った。

（嘘《うそ》をつけ！）

「先生、そんな綺麗《きれい》ごと言えるんですか？」

彦坂の顔をねっとりした目つきで睨《にら》んだ。

彦坂の眼に動揺が走った。

「俺、耳にしたんだよね」

彦坂から大志田に視線をゆっくりと這《は》わせた。二人とも顔を背《そむ》けた。

「まともに俺の顔を見られないだろ！」

それ以降、猪俣は自分がこれまでに手を染めた実験で、放射線の安全性に疑問を投げかけるデータを選《よ》りすぐって、週刊誌や野党の機関紙に掲載してもらうよう働きかけた。一方で学会誌にも何度か投稿したが、ことごとく撥《は》ねられた。査読で実験手法や結果が疑問視された。政治的な意図で外されたことも多かった。

やがて、研究室にも顔を出さなくなった。完全に浮いた存在となり、いつしか自分の居場所がなくなっていた。

テレビ番組はいつのまにか、スポーツニュースに変わっていた。缶ビールの残りを一気に喉《のど》に流し込んだ。

5

三月二十一日、春分の日——

夕食後、大志田はリビングで、ソファに体を横たえて寛《くつろ》いでいた。

先週は、ほとんど息つく暇もない一週間だった。放射能分析を始めたときは橘と二人だけで、全員が揃ったのは週末だった。

一昨日のテレビ関東の出演も一日仕事だった。震災後初めて乗ったつくばエクスプレスは運転本数が少なく、しかも各駅停車しか運行していなかった。地下鉄車内は暗くて薄気味悪かった。節電のために、天井の蛍光灯を一つ置きにしか点《つ》けていないからだ。

帰宅途中には大きな地震に見舞われた。茨城県北部を震源とするマグニチュード六・一の余震で、日立《ひたち》市では震度五強の揺れを観測した。気象庁は、震度五強以上の余震は三月十一日以後四回目と発表した。

今日、本屋で見た週刊誌には、これまでテレビや新聞で報じられていないと思われる新たな情報も数多く見受けられた。

三月十五日、福島第一原子力発電所事故対策統合本部が設置されたことは当日のニュースで大きく報じられたが、その背景には、十四日から十五日未明にかけて、政府と東京電力の間で危機的な場面があったと書かれていた。

東京電力が福島第一原子力発電所から全員撤退する意向との情報が政府に伝わり、東京電力が福島第一原子力発電所をそのまま放置して逃げると受け止めた政府と、必要な人員は残しつつ一部退避と考えていた東京電力の間で誤解が生じ、政府の東京電力に対する不信感が極限に達したというのだ。

このことがきっかけとなり、菅原《すがわら》総理大臣は連絡体制の強化を狙って、福島第一原子力発電所事故対策統合本部を東京電力本店に設置し、自ら本部長になると宣言した。十五日午前五時三十分のことだった。

また、福島県内の各地の放射線モニタリングが滞っていた様子が載っていた。福島県内には放射線測定局が二十四箇《か》所置かれ、測定結果を福島県原子力センターで集中監視する仕組みになっていたが、津波による流失や通信回線の切断で、二十四箇所のうち一箇所しか機能しなかったのだ。

そこで、福島県原子力センターでは、三月十二日早朝から可搬《かはん》型モニタリングポストを設置したが、データ伝送に用いる携帯電話の通信障害のため、結局、三月十五日までデータ収集できなかった。また、モニタリングカーの使用も試みられたが、ガソリン不足などで補充もままならず、ほとんど使えなかった。

悲惨《ひさん》な話も数多く掲載されていた。なかでも、双葉《ふたば》町のM病院の患者が避難で一四人も死亡したという記事には、胸が詰まる思いがした。

十四日午前、重篤《じゅうとく》患者三四人を含む合計一三二人が、自衛隊が手配した大型バスで病院を出発した。スクリーニング検査を受けるために一旦、南相馬《みなみそうま》市の保健所に向かい、併行して避難先となる病院を県災害対策本部が探したものの見つけることができなかった。結局、夜八時にいわき市内の高校に到着したが、避難途中の車内で三人が死亡、到着後、翌日の早朝までに一一人が死亡した。

原発周辺の放射能汚染がどの程度かはわからないが、避難のために命を落とすとは本末転倒も甚《はなは》だしい。患者が無理な避難を強いられたことが原因だ。避難先を十分確保してから余裕を持って避難しなければならない。病人や年寄りは特に慎重な対応が必要だ。

「今日、カスミスーパー大変だったのよ」

道子が話しかけてきた。

「葉物野菜コーナーが空っぽ。県内産を処分して他県からの入荷に切り替えたそうだけど、あっという間に売り切れたの」

「やっぱり、俺の言ったとおりだろう。騒ぎになるって」

いずれ野菜汚染で騒ぎになると思っていたので、大志田に驚きはなかった。

三月十七日、厚生労働省は、水や生鮮食品に放射能の暫定《ざんてい》規制値を設け、これを上回る食品を流通させないよう各都道府県に求めた。それを受け、関係自治体で食品汚染の実態調査が始まると、暫定規制値を超える放射性ヨウ素や放射性セシウムが各地で検出され大騒ぎとなった。

茨城県では、ホウレンソウから規制値の二七倍もの放射性ヨウ素や放射性セシウムが検出され、県知事が回収や出荷自粛《じしゅく》を要請した。栃木県や群馬県も、規制値を超す放射性ヨウ素や放射性セシウムが検出され、回収や出荷自粛が要請された。

野菜は、よく洗って食べれば心配はないと冷静な対応を促《うなが》すテレビ番組があるかと思えば、不安を煽るような番組もあった。皆、マスコミの報道に翻弄《ほんろう》されていた。

「今日、ニュースで野菜から何べクレル検出されましたっていうでしょ。あの数値は洗った後？　それとも洗う前？」

野菜の放射能測定方法を巡っても混乱が生じていた。文部科学省から測定を依頼された専門機関が放射能測定マニュアルに則《のっと》って分析した結果、予想を遙かに超える数値が出たことがきっかけだった。マニュアルは、原発事故の場合の環境放射能汚染の測定を目的としているため、野菜は洗浄せずに測定すると定められていたのだ。

「きっと、まちまちだよ。肝心の測定条件をはっきり示さないから混乱するんだ。測定条件を示すのは、我々測定屋からすると常識なんだけどなー」

「洗っても制限値を超えているのか、それとも洗えば大丈夫なのか、はっきりしないと意味ないわよね」

「洗った後で測定した値を基準値と比較するということで統一されたはずだよ」

マニュアルどおりの測定では、異常に高い数値が出て誤解を招くとの声が高まり、洗浄後に改めて測定し直したところ、数値が大幅に下がり、騒ぎは収まった。

「私も、そう言ったのよ」

道子は、さも当然といった口ぶりだ。

「放射能は葉っぱの表面に付着しているわけだから、よく洗って茹《ゆ》でれば落ちる。なにも公表された数値の野菜がそのまま口に入るわけじゃないよ」

「洗った後の数値で幾つと、はっきり言うべきよね。そのへんが曖昧《あいまい》だから、かえって不安が煽られてしまうのよ。マスコミも駄目ねー」

このところひっきりなしに流される放射能汚染のニュースに、道子は不満顔だ。

「それに放射線の専門家も下手なのよねー。間違いなく説明しようと汲々《きゅうきゅう》としてる感じ」

道子は、大志田の眼をまじまじと見つめてきた。

「なんだよ。俺のことを言ってるのか？」

「一昨日の番組、録画してあるわよ」と言いながら、道子はビデオに切り替えた。

『被曝線量は、実効線量等量と等価線量等量の二種類を区別して考える必要があります……』

自分の映像が聞き慣れない自分の声に重なって、大志田は妙な気がした。

妻は、ほくそ笑んでいた。

大志田は腹立たしくなって、

「オマエには、どうせわかりっこないよ」

テーブルの上のリモコンを手に取り、ビデオ再生を停止した。

テレビ番組に切り替わると、

「ほら、また言ってる」と、道子がテレビを指さした。

専門家のインタビューだった。

『……スーパーで販売されていたホウレンソウの中に、セシウム一三七が基準値を超えるものが見つかったということですが、ただ、この野菜を摂取《せっしゅ》したからといって、直《ただ》ちに影響は出ません……』

「いつも、この調子。基準値を超えたものは摂取しないよう呼びかけたかと思うと、『摂取したからといって直ちに健康に影響は出ません』と言うでしょ。『直ちに影響が出ることはありません』と言われると、暫くすると影響が出そうで、かえって心配になってしまうのにね」

大志田も普段から気になってる言い方だった。以前からよく使われている言い回しだが、よく考えてみると、日本語的にもおかしい。少なくとも誤解の恐れがある。

「それに、日本語としてちゃんと表現するのなら、『直ちに出ません』じゃなくて、『直ちに出るわけではありません』でしょ。万が一、影響が出ると困るから、最初から腰が引けてるのよ。混乱のもとね」

大志田は、テレビ画面に視線を向けながら、道子が滔々《とうとう》と述べる意見に心の中で頷いていた。

第二章　食品安全委員会

1

三月二十二日、火曜日――

大志田は、内閣府が入居する霞が関中央合同庁舎第四号館八階の会議室に入った。妙に明るく、人も多くざわついていた。部屋を間違えたと思い、一旦《いったん》外に出て、案内板で改めて会議名を確認した。第三七二回食品安全委員会。間違いなかった。

奥の方では、テレビカメラを担いだマスコミ関係者や傍聴者が待ち構えていた。緊張した大志田は、早く自分の席を見つけようと、室内を見渡した。右手中程《なかほど》に大志田専門委員と書かれた名札を見つけ、足早に席に向かった。

着席して姿勢を正すと、向かいの列で草木雪江《くさきゆきえ》委員長が前方をじっと見つめていた。

モスグリーンのスーツを着用し、緊張した面持ちだ。

草木委員長の左隣に内閣府食品安全委員会事務局の富永《とみなが》企画課長、その隣に事務局と書かれた名札が置かれている。

視線を巡らせていくと、顔見知りが何人か目に付いた。皆、異様な雰囲気に緊張してか、頷き返してくる者はいなかった。

ふと、入口に立っているグレーのトレンチコート姿の男が目にとまった。右手に大きな旅行鞄を持っている。

（おやっ？　どこかで会った記憶がある）

視線が男に釘《くぎ》付けになった。ボタンを外したコートの下からは、ブレザーとチェックのシャツが覗いている。黒白入り混じった硬そうな髪を真ん中で左右に分け、黒縁の眼鏡《めがね》を掛けている。

男は会議室の中に視線を巡らしている。

（猪俣勉だ！　こんなところまで傍聴に来たのか！）

大志田の記憶にある猪俣は、眼鏡は掛けていなかったし、白髪もなかった。

猪俣とはかつて、T大学理学部彦坂研究室で一緒だった。二十数年前に、大志田がまだ修士課程の学生のとき、猪俣はすでに助手だった。研究室では浮いた存在だった。

当時、彦坂研究室では週一回、教授以下、教室所属の助手や院生、学部生が集まって、海外文献の輪講を行っていた。皆が参加するそのような場にも、猪俣が姿を現すことはなかった。普段どうしているかもわからないし、猪俣について話題にするのも憚《はばか》られるような雰囲気があった。原発反対集会に出かけたり、原発訴訟の公判を傍聴していると噂されていた。

猪俣は、やがてどこかの地方大学に転じ、それ以来、T大学彦坂研究室OB《オービー》とは縁が切れていた。原発反対訴訟などでひところ論客として鳴らしたが、名前を聞かなくなって久しい。

もう原発反対運動に関わっていないのか、それとも原発反対運動そのものが下火になったからかもしれない。

入口に突っ立っている男に、事務局職員が近づいた。言葉を交わすと、職員は身を屈《かが》め恐縮するような素振りで、大志田のほうを指差した。

(何っ、委員！　傍聴じゃないのか)

大志田は俄《にわ》かに心臓が早打ちし始めた。

原発反対派の猪俣が政府の委員会メンバーになるとは、常識では考えられない。原子力について否定的な考えの持ち主が政府の審議会メンバーになるケースはあるが、猪俣の場合は、学者というより反対派の闘士だ。

「本日は、急な開催にもかかわらず、お集まりいただき、誠にありがとうございます。ただいまから……」

ダークスーツ姿の富永企画課長が立ち上がって挨拶《あいさつ》を始めた。

猪俣は慌てるふうもなく、コートを着たまま悠然とこちらに歩いてきた。大志田の後ろを通り過ぎ、二人置いた空席に近づいた。ドスンと旅行鞄を床に置くと、脱いだコートを丸めて鞄の上に捏ねた。

「……放射能汚染された食品が販売されることがないよう、原子力災害対策特別措置法に基づき、一部地域や品目に関しまして出荷制限するように内閣総理大臣より関係する各県知事に指示しています」

富永企画課長による経緯説明が始まっていた。

「緊急を要する場合、食品安全衛生法では、とりあえず規制値を決めることができるよう定められています。但《ただ》し、そのような場合には、事後に可及的速やかに食品の安全衛生評価を行うよう義務付けられています」

取り急ぎ法律に基づいて取った措置の妥当性について、この委員会で事後的に判断するという。

「従いまして、極めて異例ではありますが、明日から毎日開催させていただき、遅くとも今月末までには結論を出す予定です。是非ご協力をお願いいたします」

会議室がどよめいた。大志田はあらかじめ電話で聞いていたが、知らなかった者もいたようだ。

「本日お集まりのメンバーですが、食品安全委員会の委員と放射線関係の専門委員の先生、それから、今回の異例な事態に鑑《かんが》みまして、新たに四人の参考人の方にご参加いただいております」

富永企画課長が参考人を順番に紹介していった。

「……それから、H大学の猪俣准教授、ご専門は放射線生物学です」

(H大学准教授か……)

准教授になっていたとは意外だった。反対派は普通なら「助教」どまりだ。もちろん、助教なら参考人として呼ばれることもないだろうが……。

猪俣は腰を少し浮かせて「猪俣です」と名乗った。聞き覚えのある甲高《かんだか》い声だった。

「事務局から説明がありましたように、今回は一週間程度で答えを出さなければなりません。私も微力ながら全力を尽くす所存でございます。よろしくご協力いただきますよう、まずもってお願い申し上げます」

草木委員長が緊張した面持ちで語った。

全部で約二〇種類、一〇センチ近く積み上げられた配布資料の確認に引き続き、富永企画課長が『我が国の放射線防護と防災対策について』と題した資料の説明を始めた。

「我が国の放射線防護体系は国際放射線防護委員会、ICRPといいますが、この委員会の勧告が基本となっています。放射線作業従事者の線量限度は、年間五〇ミリシーベルト、かつ五年間で一〇〇ミリシーベルト、つまり年平均にすると二〇ミリシーベルト、また、公衆の線量については、年間一ミリシーベルトを担保するよう原子力関連施設からの排気濃度や排水濃度が定められています」

ICRPは、放射線防護に関する学術組織で、国際的に最も権威あるものと各国で受けとめられている。

ICRPは、放射線防護の基本三原則として、「正当化」・「最適化」・「線量限度」を掲げている。「正当化」とは、原発の運転操業や放射線医療など、およそ放射線被曝をもたらす行為は正味でプラスの利益を生むものでなければ採用してはならない、とする考え方だ。「最適化」とは、すべての被曝は経済的及び社会的な要因を考慮に入れながら合理的に達成できる限り低く保たなければならない、というもので、これはALARA《アララ》（As Low As Reasonably Achievable）の原則と称される。「線量限度」は、読んで字のごとくだ。

ＩＣＲＰから始まって、原子力や放射線の規制法令、原子力事故の際の避難対策、過去の主な原子力事故などの説明が続いた。

「大変詳しく多岐にわたるご説明、ありがとうございました」

事務局の説明がひと通り終わり、草木委員長が休憩を宣言したときには、会議開始後すでに二時間近くが経過していた。

2

委員会が再開された。

冒頭、草木委員長が委員らに呼び掛けた。

「事務局の説明の中にもチェルノブイリ原子力発電所事故が何度も出てまいりましたが、ヨウ素による甲状腺被曝がよく問題になります。今回の原発事故でも、それが懸念されるわけですが、一方で、甲状腺癌《がん》は、他の癌と比べると大きな違いがあります。そのことが国民の間で十分には理解されていないようですが、いかがでしょうか？」

「致死性のことですか？」

穏やかな声がした。白髪の老紳士だった。癌研究の第一線で長年活躍している遠山《とおやま》博士だ。

「五年生存率でみると、甲状腺癌は九五パーセント以上あります。つまり、甲状腺癌で死に至ることはほとんどありません。ほかの癌、例えば、胃癌は七〇パーセントくらい、また膵臓《すいぞう》癌では、五年生存率はまあ一〇パーセントくらいですから、一口に癌といっても致死性が大きく異なります。致死性か非致死性かという点に関しては、甲状腺癌と他の臓器の癌ではまったく違うということは、私ども共通認識として持つ必要があるのではないでしょうか」

「そうですね」と草木委員長が応じた。

「もうひとつ、甲状腺癌について指摘したいことは、甲状腺癌は潜在的に持っている人が多い点です。ですから検診を詳細にやればやるほど、患者が増えるといった奇妙なことになります。チェルノブイリ原発事故でも甲状腺癌が何人見つかったとか、いやそれは間違いだとか、よく議論が起きますが、お互いに嘘を言っているわけではないんだろうと思います。甲状腺癌が見つかるのも事実でしょう。ただ、それが、チェルノブイリ原発事故が原因だと決めつけるのは些《いささ》か短絡《たんらく》的で、無理があると思います」

　参考人の一番端に座る若い男性が静かに右手を挙げた。

「はい、どうぞ」と草木委員長に促されると、参考人は訥々《とつとつ》と語り始めた。

「私は甲状腺癌が専門です。チェルノブイリで六年間、子ども達の臨床《りんしょう》に携わってきました。その当時の経験から申し上げます」

　控《ひか》え目な物言いながら、迫力が感じられた。六年間という、その一言に重みが感じられた。室内にも緊張感が走った。皆、臨床医師の話に耳を澄《す》ませた。

「子どもの甲状腺癌というのは、一〇〇万人に一人か二人の比率で起こります。例えば、ベラルーシでは爆発事故の前、やはりその程度の比率でした。ところが、汚染地を見ると、例えば、高濃度の××地区では一〇〇倍を超えています。これは単に、検査するようになったから結果として増えたというようなことでは説明しきれない事実だと考えています。

それから甲状腺癌は、他の癌に比べると恐れるに足らないというお話が出ました。確かに甲状腺癌は、予後は非常にいいと思います。でも、甲状腺から他の臓器に転移して苦しんでいる子どもも大勢いるのです。子ども達が甲状腺癌の手術を受けた後の気持ちも考えなければなりません。単に予後がいいからという理由で、甲状腺癌は恐れるに足らずと考えるとしたら、現場でやってきた人間として納得するわけにはいきません」

チェルノブイリで子ども達の治療に当たった経験を基に、臨床医師は訴えた。体験に裏打ちされた発言に、会議室は水を打ったように静まり返った。

「えー、チェルノブイリ原発事故はさておきまして、放射線の人体への影響は結局、癌に集約されますが、放射線による癌のリスクと他の要因による癌のリスクの比較から議論を始めましょう。どなたかいかがでしょう？」

草木委員長は話題を変えたが、臨床医師の発言が尾を引いて、重苦しい空気が漂《ただよ》っていた。

誰も発言する者がいなかった。

「遠山先生、いかがでしょうか？」

「また、よろしいですか？」

遠山委員は遠慮気味に前置きすると、

「専門家の間のコンセンサスとしては、一〇〇ミリシーベルト、つまり一シーベルト被曝した場合のリスクは喫煙者と同じぐらい、一〇〇ミリシーベルトだと、野菜不足や運動不足、受動喫煙と同じレベル。一〇ミリシーベルトになると……」

話が一段落すると、あちこちで声が上がった。

「喫煙はやはり高いですね」

「野菜不足が深刻な問題になりそうですね」

「一ミリシーベルトとか五ミリシーベルトの被曝を問題にするよりも、ほかの要因を心配するほうが先決ですか」

「さて、低線量の放射線のリスクについては、ＩＣＲＰは閾値《しきいち》のない直線モデル、いわゆるLNT《エルエヌティー》モデルを採用しているわけですが、実際には、さまざまな説がありますね。例えば、少量の放射線を浴びると、実は体に良いとする説もあるようですが……」

草木委員長は本題に入った。

放射線の人体への影響は、確定的影響と確率的影響の二つに大別される。

確定的影響は、高線量被曝で見られる脱毛や皮膚障害、骨髄障害、白内障などの障害で、それぞれについて、一定の値以下では障害が起こらない線量、すなわち閾値があることが知られている。

一方、発癌を中心とする確率的影響は、DNA《ディエヌエー》の傷が原因となって癌が起こるとするモデルに基づいて、被曝線量と影響の発生確率の間には、閾値のない直線的な関係が成り立つと考える。確たる情報に乏《とぼ》しい低線量の範囲について、放射線防護の立場から安全側に立ったリスクを推定するために導入された考え方で、LNTモデルと呼ばれる。

「ホルミシス効果です」

これまで発言する機会を掴めなかった大志田は、大きな声で言った。

「少しの放射線であれば、かえって免疫《めんえき》機能が向上し、体に良いとする考え方です。病気に罹《かか》らない強い身体にしたり、老化を抑えて若々しい体を保ったり、さまざまな効果があると考えられています」

「委員長！　よろしいですか！」

右脇から鋭い声がした。

（猪俣か……）

草木委員長が「どうぞ」と発言を促した。

大志田が上体をせり出して猪俣を一瞥《いちべつ》すると、視線がかち合った。

「ホルミシスは確かに昔からある説ですが、科学的に解明されているわけではありませんよ」

「しかし……」と大志田は反論しかけたが、猪俣の勢いに押されて黙り込んだ。

「むしろ最近では、放射線に直接ヒットされない細胞であっても、放射線の悪影響を受ける例がたくさん報告されています。『バイスタンダー効果』というんですけどね」

「バイスタンダー効果？　どういう効果ですか？」

草木委員長が訝《いぶか》しげに質問した。

「これまでは、放射線がＤＮＡを直接傷つけるから細胞が癌化すると考えられていたわけですね。ところが、最近マイクロビームを細胞一つひとつに当てられるようになった。

その結果、照射された細胞だけじゃなく周辺の細胞も癌化することが判明した。照射されていない細胞ですよ。これまでの常識を覆す大変な成果です。仮説じゃなくて実際に観測された事実です」

猪俣の話しぶりに皆、苦虫を潰《つぶ》したように顔を歪《ゆが》めていた。

確かに猪俣が言うように、バイスタンダー効果関連の論文は、以前より注目されるようになってはいる。

「細胞の癌化が生物個体の癌化に結び付く証拠はあるんですか？」

草木委員長が強い口調で言った。

「個体レベルは……」

猪俣は口籠った。

「細胞レベルで発癌したとしても、必ずしも個体が発癌するとは限らないでしょ。細胞には、さまざまな防御機能が備わっていますよ」

猪俣の態度を腹立たしく思ったのか、草木委員長は畳み掛けるようにして猪俣に迫った。

「ＩＣＲＰが二〇〇七年に出した基本勧告では、バイスタンダー効果は放射線防護の目的で取り入れるには不十分として、リスク評価体系に取り入れられていませんよ」

草木委員長の発言に大志田も加勢した。

気がつくと、猪俣に向かって喋《しゃべ》っていた。眼鏡の奥で猪俣の眼が睨み返していた。

「ＩＣＲＰがリスク評価に取り入れてないという意味では、ホルミシス効果だって同じだよ」

猪俣は、すぐ言い返した。

「えー、要するに、低線量の放射線のリスクには大きく三つの考え方があるわけですね」

草木委員長が声を張り上げた。

「まず、放射線量に比例して癌のリスクが増すとする直線モデル、つまりＩＣＲＰが採用しているＬＮＴモデル。それから低線量の被曝はむしろ健康にプラスと考えるホルミシス効果説、最後に放射線を受けてない細胞も癌化するというバイスタンダー効果説ですね」

「ちょっと、よろしいですか」

富永企画課長が右手を挙げて、

「先ほどから聞いていますと、議論の方向が少し逸《そ》れているのではないでしょうか。放射線のリスクに関する基本的考え方は、当委員会ではなく原子力安全委員会や放射線審議会の所掌《しょしょう》事項です。当委員会では、すでに県知事に通知している放射能の数値の妥当性をご議論いただくのかな、と思います」

富永企画課長の発言は尤《もっと》もだ。食品安全委員会は、放射線リスクを一から掘り起こして議論する場ではない。ホルミシス効果やバイスタンダー効果は本当にあるのか、直線モデルが相応《ふさわ》しいのか、閾値があるのかなど、放射線防護の根幹に関わる問題を議論している時間的余裕はない。

「バイスタンダー効果は、仮説じゃなくて実際に確認された事実だよ。いいですか」

猪俣が再びバイスタンダー効果を持ち出した。

何というしつこい奴だ、と大志田は腹が立った。

「ICRPは、放射線リスクを過小評価しているんですよ。一番肝心なとこなんだけど、わかってもらえないのかねー」

猪俣の嘆《なげ》き声が会議室に響いた。

「話を本筋に戻しませんか」

大志田は、真正面の草木委員長と事務局に向かって、声を張り上げた。

「そうですね。本筋に戻りましょう」

富永企画課長が同調した。

「放射線リスクについては諸説あるでしょうが、ＩＣＲＰの考え方を基本とすることは、今日はっきり確認しておいたほうが良いのではないでしょうか」

「事務局のご意見、ご尤もだと思います。ＩＣＲＰの採用している閾値なしの直線モデルと異なる説もいろいろあるようですが、あくまでＩＣＲＰを基本とすることでよろしいですね」

草木委員長が確認を求めた。

「日本の放射線防護基準は、ＩＣＲＰ勧告を拠《よ》り所《どころ》にしているわけですから、それしか考えられません」

大志田が発言すると、賛意を示す声が幾つか挙がった。

「ほかの先生方、いかがですか」

草木委員長が確認した。

誰からも発言はなかった。

「わかりました。ＩＣＲＰを基本にして基準値の妥当性を確認していくということですね。よろしいですね」

草木委員長は、委員らを見回した。

「もう終了予定の六時を大幅に過ぎています。それでは、本日の審議はこれで終了します。次回は明日午後二時、同じくこの部屋ですので、よろしくお願いします。以上をもちまして、第三七二回食品安全委員会会合を閉会といたします。ありがとうございました」

草木委員長は会議を締め括ると、富永企画課長ら事務局員とともに頭を下げた。

正面に向き直った草木委員長の顔には、長時間の会議で疲れきった表情が浮かんでいた。

3

カメラを左肩に掛けた若い記者が近づいてきた。これまで何回か取材を受けた記憶がある。

記者は、大志田と目が合うと軽く会釈《えしゃく》して通り過ぎ、猪俣に話しかけた。

「週刊情報の夏目《なつめ》と申します。バイスタンダー効果、教えてもらえませんか？」

夏目と名乗るのが聞こえて、大志田は思い出した。確かつくば記者会にいた記者だ。

「放射線がまったく当たっていないのに、DNAが傷つき癌化するわけですか？」

夏目の質問に猪俣は「うん、そういうこと」とぶっきらぼうに答えた。

「放射線が当たってないというのは確かですか。放射線は光と一緒で広がりをもってしまうのでは？」

「ふーん、物理をどう理解しているか知らないが……」

「私も一応、理系出身なので、基礎的な知識はあるつもりです」

猪俣の態度に大人しそうな夏目もムカついたようだ。

大志田は、分厚い配布資料を鞄に入れると、出口に向かって歩き出した。

「大志田君」

背後から呼び止められた。

（やっぱり！）

振り向くと、猪俣は口もとに嗤《わら》いを浮かべていた。

知らない仲じゃないんだから水臭いではないか、とでも言っているような気がした。

「久しぶりだね」

「えっ！　お知り合いですか？」

夏目は驚いた様子で、二人の間で視線を行き来させた。

「まあね」

「どういう……」

「昔、T大にあった彦坂研究室って知ってるかね」

「ええ、名前くらいは……」と夏目は頷きながら、

「バイスタンダー、またじっくり取材させてもらえませんか」

猪俣は、胸の内ポケットから手帳を取り出し、殴《なぐ》り書きした頁《ページ》を破いて、「ここに来週まで宿泊しているから」と手渡した。

夏目は軽く会釈して立ち去った。

「前から委員やってるの？」

猪俣の先輩ぶったもの言いに、どう応じたものか一瞬躊躇《ちゅうちょ》した。個人的な付き合いがあったわけではないし、猪俣を先輩だとも思っていなかった。

「数年になりますけどね」

「君も、ずいぶん変わったなー。昔は、もっとスリムだったのに。白髪も目立つし」

猪俣は口もとが緩んだ。

「ちょっと、寄っていかないかね」と、猪俣は猪口《ちょこ》を傾ける真似《まね》をした。

T大学にいた頃の猪俣からは、人を呑《の》みに誘うようなことはおよそ考えられなかった。

「いえ、これから研究室に戻らなければいけないんで」

仕事にかこつけて断った。

「それじゃ、委員会の最終日までには一度呑もうじゃないか」

大志田は「ええ」と軽く受け流して、会議室を後にした。

食品安全委員会が終わると、夏目はさっそく社に戻った。

週刊情報編集部の夏目は、親会社の毎朝《まいちょう》新聞から文精社《ぶんせいしゃ》に出向して半年になる。毎朝新聞では、社会部と科学部を行ったり来たりし、その間、つくば支局を一度経験している。

今日の委員会では、猪俣のバイスタンダー効果が強く印象に残っていた。放射線に対するこれまでの理解が一瞬にしてひっくり返されたような気がしていた。

猪俣勉の名前を口にすると、デスクの清水《しみず》は興味を示した。

「猪俣勉？　聞いたことがあるな」

清水はキーボードを素早《すばや》く叩《たた》いた。

「原発訴訟の猪俣勉だ」

古い記憶が蘇《よみがえ》ったようだ。

「で、どうして猪俣が食品安全委員会の委員なんかに」

「委員じゃなくて参考人でしたけどね」

「参考人でも、政府の委員会に反対派を呼ぶかなあ？」

「転向したのかもしれませんね。H大学准教授という肩書でしたから。バイスタンダー効果という新しい説を熱心に説いてました」

「食えなくなったのかもしれんな。このところ原子力にはずっと追い風が吹いていたからな」

「まあ、そうでしょうね。それからデスク、産技研の大志田さんが食品安全委員会にいました。つくば支局時代に何度か取材した人ですが、ホルミシス効果をしきりと喧伝《けんでん》してました」

「ふーん」

「そうそう、猪俣と大志田の二人は、かつてT大学の彦坂研究室で一緒だったそうです。今日はホルミシス効果とバイスタンダー効果で反目《はんもく》し合ってましたけど」

「二人とも彦坂研究室かー」

清水が眼をぎらつかせた。

「彦坂和昌《かずまさ》、知ってるだろう。かつての放射線防護の第一人者。T大のグラウンド汚染問題の責任を取って辞職したんだよ。その弟子が対立しているとは、面白そうじゃねえか」

「無理やり対立を煽るのは良くないと思いますけどね」

「そんな書生っぽいこと言うなよ」

「普段ならともかく、今はさすがにまずくありませんか」

「いいか。放射線が安全かどうかなんて、専門家の間でも色んな意見があるわけだろ。だから、賛成と反対の両方載せる。どこが悪いんだ。そのほうがバランスの取れた公平な報道じゃないのか」

「賛成派と反対派では、説得力に大きな差がありますけどね。それを見極めるのが我々の役目ではないですか」

「週刊誌はとにかく売れなきゃどうしようもねえんだよ。新聞とは違うんだ。正論を吐《は》くのは新聞社に戻ってからにしろ」

「こんな国家存亡の危機に、売れりゃいいはないでしょ！」

「お前ね、青いんだよ。だから、こんなところに飛ばされちゃったんじゃねえのか！原子力は、君のような科学部の人間にとっちゃ、美味《おい》しいテーマなんだろ」

清水は夏目の顔を覗き込むようにして言った。

「簡単に白黒つかない。ああ言えばこう言う。いくらでも記事が書ける。大事にしなきゃ、原子力は……」

夏目は、清水のまとわりつくような視線を、仏頂面《ぶっちょうづら》をして受け止めていた。

4

食品安全委員会の二日目は、初日とは打って変わって飲食物摂取制限の指標の具体的な議論から始まった。原子力安全委員会が昭和五十五年に取りまとめた原子力防災指針の中で定められている指標だ。

富永企画課長の左隣の三〇代と思《おぼ》しき小太りの事務局員が「それでは私のほうから説明いたします」と前置きして指標の説明を始めた。机上には宮内《みやうち》専門官と書かれた名札が置かれている。

「ヨウ素とセシウムで規制値の決め方が異なりますので、まず、ヨウ素から説明します……」

――放射性ヨウ素は、甲状腺の等価線量が五〇ミリシーベルト／年の目標値を超えないように規制値が定められている。

まず、食品全体を五群（飲料水、牛乳・乳製品、野菜類、穀類、肉・卵・魚・その他）に分け、そのうち飲料水、牛乳・乳製品、野菜類に、五〇ミリシーベルトの三分の二に当たる三三・三ミリシーベルトを割り当てている。つまり各食品群について平均摂取量食べたと仮定して、年間の甲状腺の等価線量が一一・一ミリシーベルトとなるように放射性ヨウ素の濃度を逆算して定めている。――

「あの、規制値の意味ですけど……。ちょっと勘違いでもしているといけないので、お訊きしますが……」

長い説明が終わると、年配の女性専門委員が遠慮気味に質問した。

「規制値の濃度の食品を一年間毎日、平均摂取量だけ摂《と》り続けた場合に、ちょうど被曝線量が目標値になるのですか？　つまり、ヨウ素の線量が五〇ミリシーベルトになるのですか？」

食品安全委員には、放射線について素人同然の委員も大勢いる。委員会は、食品安全のさまざまな分野の専門家からなるが、そのうち放射線の専門家は一部に過ぎない。

宮内専門官は、「あ！」と顔をしかめた。

「規制値の意味は皆さんよく誤解されます。テレビや新聞でもよく間違って報道されています」

宮内専門官は暫く考え込むと、やがて勿体《もったい》ぶったような口ぶりで喋り始めた。

「よろしいですか。ここにヨウ素一三一が一リットル当たり三〇〇ベクレル含まれる飲料水があるとしましょう」

両手でジェスチャーを交えながら、皆が話についてきているかどうか確かめるように、室内を見回した。

「ヨウ素一三一の半減期は八日ですから、八日後には一リットル当たり一五〇ベクレル、さらに八日後には七五ベクレルになります。ここまではよろしいですね」

皆、宮内専門官の説明に引き込まれていった。

「規制値の意味は、三〇〇ベクレル／リットルの飲料水を一年間毎日、飲み続けた場合に暫定規制値になるのではありません。ある日、三〇〇ベクレル／リットルと測定され、その後は汚染されない、つまり、放射能が日に日に減衰していく水を一年間毎日、飲み続けても甲状腺の等価線量は一一・一ミリシーベルトを超えない、という意味です」

宮内専門官は、一語一語区切りながら、ゆっくりと説明した。

「つまり、一回の放射能の放出で汚染された食品を、その後もずっと摂り続けた場合の値です。放射能の減衰をあらかじめ計算に入れた値です」

原子力防災指針で想定されている事故では、放射性物質の放出は一回あるいは一日程度だ。放出が長期間に及ぶことは想定していない。

「それですと、ちょうど規制値の値を示す食品を毎日摂ると、目標の被曝線量を超えてしまうのでは？」

先ほど質問した年配の女性専門委員が言った。

「ええ、超えます。つまり、暫定《ざんてい》規制値を示す野菜を一年間毎日、基準量だけ摂り続けたとしますと、目標の被曝線量の野菜への割り当て分を超えます」

宮内専門官は断言した。

「えっ！　超えますって、それじゃ、どうするんですか！」

女性専門委員の声は悲鳴に近かった。

「そう簡単に被曝線量の目標値を超えることはありません」

宮内専門官は自信たっぷりと言い切った。

「目標値を超えるけど、超えない？　いったいどういうこと？」

「よくわかるように説明してもらわないと……」

「こりゃー、頭が混乱してきた」

さまざまな声が飛び交った。

「えー、計算式やパラメータ設定など、相当に入り組んだ仕組みになっていまして、簡単には説明できないんですが……」

宮内専門官は再び細かな説明を始めた。

「規制値ぎりぎりの食品を一年間毎日摂り続けた場合、被曝線量は何ミリシーベルトになるのか、一般の人でもよくわかるように伝える必要があるのでは……。例えば、ヨウ素の場合だと、食べるときに一キログラム当たり二〇〇〇ベクレルのホウレンソウを、一年間毎日、摂り続けた場合に、何ミリシーベルト被曝するのか。それを元に野菜への割り当ての線量となるベクレル数を計算すると何ベクレルになるのか」

皆の疑問を代弁するように、草木委員長が宮内専門官に迫った。

宮内専門官は机上の資料に視線を落とし、すばやく鉛筆《えんぴつ》を走らせると、

「暫定規制値よりずっと低い値になります。一キログラム当たり、大体一二〇ベクレルくらいになります」

宮内専門官は、さも当然といったふうに数値を口にした。

「えっ！　全然、違う！」

「そんなに低いの！」

「何かの間違いじゃないの！」

また、驚きの声が上がった。

「すると、ヨウ素の暫定規制値二〇〇〇ベクレル／キログラムの値を示したホウレンソウを毎日、標準摂取量だけ摂り続けると、目標の被曝線量を遙かに超えてしまいますよ！」

若い男性の専門委員が大きな声を上げた。

「そういうことになります」

宮内専門官は平然としていた。

「恥ずかしながら、私も勘違いしていました」

「私もです」

「ヨウ素のベクレル数が随分《ずいぶん》高いとは思っていましたが、そうだったんですか……」

何人かの委員が驚きの表情で互いに顔を見合わせた。

「うーん、こうした数値をどうやって導き出したか、もっとわかりやすく正確に伝えないと誤解のもとですね。私どもも十分に注意しなければいけません」

草木委員長も勘違いしていたのか、自戒《じかい》を込めるようにして締め括った。

大志田は愕然とすると同時に、腹立たしい思いに駆られた。専門委員が事務局担当者の説明に振り回されている。これでは、とてもまともな議論などできない。内容をよく理解できる専門家を集めて議論しなければ無意味だ。

「えー、よろしいでしょうか。ここまではヨウ素のお話でした。それでは、次にセシウムの話に移りましょう」

「ここでちょっと休憩を挟みましょう」

草木委員長がタイミングよく休憩を入れた。

皆、宮内専門官のややこしい話に辟易《へきえき》としていた。


大志田は、気分転換にエレベーターで一階ロビーまで降りた。自動販売機でコーヒーを買って、ソファに腰を降ろすと、猪俣がやって来て、テーブルを挟んだ向かい側に腰かけた。周りには誰もいなかった。

「細かい議論が始まったなー」

「えー、本筋からずれてますけどね」

大志田はコーヒーを一口飲んだ。

「驚いただろ。俺が参考人だなんて」

「いいえ」

大志田は軽く笑みを浮かべながら呟《つぶや》いた。

「先週、役所から突然、電話があってさ。参考人になってもらえないかって言うんだよ。俺、思わず口から出かかったね。『猪俣勉が原子力にどう向き合ってきたか知ってるんですか』って」

猪俣はかすれた声で言った。

「やはり、民生党《みんせい》になって変わったんだよな。参考人とはいえ、俺みたいなのを国の審議会に参加させるとは。これまでだったら考えられない。二つ返事でOK《オーケー》したよ」

猪俣は、参考人になった経緯を包み隠すことなく明かしたようだ。

「そうだったんですか。部屋に入って来たとき、初めは傍聴なのかなと思いました」

猪俣の態度に、大志田の身構える気持ちも少し薄らいでいた。昔はもっと陰湿な感じのする男だったが、今、眼の前にいる猪俣からは、悪びれてはいるが率直さが感じられる。

「俺がT大を追い出されて、かれこれ二〇年。君が院生の頃だよな」

「ええ。その後、H大学に移られたわけですね」

「移ったんじゃなく、居場所がなくなって追い出されたんだけどな」

猪俣はコーヒーカップに手を伸ばし、一口すすった。

「数年前、五〇に手が届こうという頃に、やっと准教授になったんだよ」

猪俣は小声で呟いた。

「そうですか」

大志田は普通に相槌を打った。ほかに言いようもなかった。

原子力に限らず、本務を疎《おろそ》かにし、政治運動に没頭するような大学教員は通常、定年まで助教暮らしだ。たまに私大で教授になる者もいるが、あくまで例外に過ぎない。

どういう経緯で准教授に昇進したのか訊きたかったが、口には出せなかった。

「君は、いつ産技研に移ったの？」

大志田は一瞬、どう答えてよいか迷った。猪俣自身が去った後の彦坂研究室について、彼がどこまで知っているのか、判断がつきかねたからだ。

「彦坂先生がT大を早期退職されたでしょ」

そう言って、猪俣の目を見ると、彼は軽く頷いた。

「それで私もT大を辞め、アメリカに二年ほど留学して、そのあとです」

「ふーん」

猪俣は、手に持ったコーヒーカップをじっと見つめていた。

5

委員会再開後、宮内専門官のややこしい話がまた始まった。

——放射性セシウムは、年間の実効線量が五ミリシーベルトの目標値を越えないように規制値が決められている。

実効線量とは、臓器ごとに異なった影響を、全身が均等に被曝した場合と共通の尺度で表した線量だ。ある臓器の等価線量が同じでも、癌のなりやすさは臓器ごとに違うので、それを考慮して体全体への影響を表そうとしたものだ。

規制値の根拠が、ヨウ素は甲状腺の等価線量、セシウムは実効線量と互いに異なる理由は、ヨウ素とセシウムを経口《けいこう》摂取した場合の代謝が異なるからだ。ヨウ素は甲状腺に集中する性質があるが、セシウムは体内に広く分散される。

ヨウ素の場合と同じく、食品全体を五群に分け、それぞれの群からの放射性セシウムによる被曝線量を一ミリシーベルトずつ均等に割り当てている。——

富永企画課長の後ろで屈《かが》み込む若手職員の姿が、ふと大志田の眼にとまった。紙を見せながら耳元で囁《ささや》いている。富永は、紙に視線を落としながら、職員の話にしきりに頷いている。

富永は、隣の草木委員長に紙を見せると、肩を寄せ合い顔を近づけて話しを始めた。若手職員は慌てて部屋を出て行った。

宮内専門官は得々《とくとく》として話を続けている。

会議室を見回してみると、室内の様子を窺っている者が何人か目についた。草木委員長と富永企画課長の緊張した様子が気になっているようだ。

宮内専門官の説明がやっと終わると、草木委員長は、

「ありがとうございました。何か、ご質問ありますか？」

誰からも質問はなかった。

まもなく若手職員が会議室に戻ると、他の職員と手分けして一枚の紙を配り始めた。

ＩＣＲＰのロゴマークの入った英文だった。タイトルには『福島第一原子力発電所事故』とあった。

「ただいまお配りしたのは、三月二十一日にＩＣＲＰが日本向けに出した声明文です。ＩＣＲＰは、個別の事態に対して普通は声明を出したりはしません。ですので、今回の事故の甚大《じんだい》さから、異例の措置を取ったのだと思われます」

富永企画課長が、声明が出されるに至った状況を説明した。

委員らは皆、声明文に集中した。

「これは要するに……今は緊急事態だから、公衆被曝限度の一ミリシーベルトを大幅に上げなさい……といっているわけですか……」

草木委員長が、資料に目を通しながら、内容を声に出していた。

――国際放射線防護委員会（ＩＣＲＰ）は、これまで個別の国の出来事についてコメントすることはありませんでしたが、今般《こんぱん》の悲惨な事故によって被災した日本の方々に対し、私どもは心よりお悔《く》やみ申し上げます。

私どもは、福島第一原子力発電所事故の成り行きを幾人《いくにん》かの日本の同僚達を通して、また、日本の機関や国際機関、あるいは専門家のコミュニティの提供する情報によって追い続けています。

私どもは、現状をコントロール下に取り戻そうとする努力が奏功《そうこう》し、また、汚染区域での緊急事態における放射線防護に関する最新勧告が、日本の現状と将来に役立つことを願っています。

委員会は、緊急時被曝状況及び現存被曝状況下における放射線被曝に対して十分な防護を図るべく、最適化及び参考レベルの使用を引き続き勧告します。

委員会は、緊急時被曝状況下における公衆の防護のために、当局が二〇〜一〇〇ミリシーベルトの線量において参考レベルを設定することを引き続き勧告します。

放射線源を制御できる状態になった後も、汚染地域が残るかもしれない。当局は、しばしば、そうした地域を放棄するよりも人々が居住し続けられるよう、あらゆる必要な防護措置を講じようとする。その場合においても、委員会は、年間一〜二〇ミリシーベルトの参考レベルを選定し、長期目標として年間一ミリシーベルトを設定することを勧告する。

委員会は、緊急時被曝状況に巻き込まれる救助隊員の重篤な傷害を避けるために五〇〇～一〇〇〇ミリシーベルトの参考レベルを引き続き勧告する。これは、計画段階においても、現実の被曝防護段階においても、予想被曝線量をこのレベル以下に削減するために相当な資金を投入することになっても、それは正当化されることを意味する。

委員会は、さらに救助される者の利益が救助する者のリスクを上回る場合、救助志願者には線量規制を設定しないことを引き続き勧告する。

私どもは、この困難な状況に対処するための日本人専門家による驚異的な努力をフォローすると同時に、我々の来るべき会合において、緊急時被曝状況に関する我々の勧告についての教訓をレビューする計画である。――

末尾には、ジェームズ・リーブマンＩＣＲＰ委員長とリチャード・フレミングＩＣＲＰ科学事務局長のサインが印されていた。

（絶好のタイミングだ！）

まさか、このような声明が出されるとは思ってもみなかった。それくらい今回の事故が深刻だということだろう。いずれにしても、これから議論が本格化すれば、必ず平常時の線量限度か緊急時の現実的な措置を取るべきか選択を迫られることになる。

「このなかで、ＩＣＲＰの委員をなされている方は……」

草木委員長が室内を見回した。

「専門委員をしています。第二専門委員会です」

大志田は名乗り出た。ＩＣＲＰの専門委員をしている者は、食品安全委員会には他にいなかった。

「それでは恐縮ですが、大志田専門委員に背景や内容について、おわかりになる範囲で結構ですので、ご説明いただけますか」

皆の視線が大志田に注がれた。

「これは、ＩＣＲＰの放射線防護の三原則の一つ、最適化を適用するよう勧告しているのです。初日の説明にも何度か出てきましたように、ＡＬＡＲＡ、つまり『合理的に達成できる限り低く』とする考え方です。放射線被曝を抑えるために、逆に他のリスクが高くなったり、あるいは経済的、社会的に受け入れられないほどの大規模な防護措置を取らなければならない場合は、放射線防護だけではなく、他のリスクも含め総合的に考えましょう、という意味です」

大志田の説明に皆、戸惑いの表情を浮かべていた。

「声明の中程《なかほど》にあるように、一年間に一～二〇ミリシーベルトの範囲内で参考レベルを設定して、長期的には元の年間一ミリシーベルトに戻すべきだ、といっているわけです。今のような緊急事態では、平常時の限度値である一ミリシーベルトに拘《こだわ》る必要はありません」

大志田は、平常時と非常時の対応の違いを詳しく説明した。

ＩＣＲＰは、非常時を緊急時被曝状況と現存被曝状況に分けて、緊急時では二〇～一〇〇ミリシーベルトを超えないように、また現存被曝状況では年間一～二〇ミリシーベルトを超えないよう勧告している。

現在の福島第一原子力発電所は、明らかに緊急時被曝状況に当たり、二〇～一〇〇ミリシーベルトの間に適切な参考レベルを設定して防護対策を講ずるべきだ。公衆の線量限度を一ミリシーベルトとしているのは、あくまで普通の状態、つまり、原発でいえば通常の運転状況の場合だ。

ある者は首を傾げ、またある者は緊急声明をじっと見つめている。

（具体例を挙げてみよう）

「今の暫定規制値は、セシウムで年間五ミリシーベルトの実効線量に対応した食品濃度です。仮に規制値を二倍にして年間一〇ミリシーベルトとした場合でも、少なくとも年間二〇ミリシーベルトは担保できるでしょう。つまり、暫定規制値を当面どこまで緩めるか、また、今後、事態の推移を見ながら、いつまで暫定規制値を適用するか、そういう議論をするのが、この委員会の役割ではないでしょうか」

「ダブルスタンダードになりませんか？」

草木委員長が疑問を投げかけた。

「ＩＣＲＰは、平常時と緊急時で防護基準を分けているわけですね。平常時の基準だけに囚《とら》われると、ＡＬＡＲＡを理解しにくいと思います」

「でも、放射線に対するリスクは、平常時であろうと緊急時であろうと変わらないわけですよね」

「それはそうですが、でも緊急時には放射線だけでなく、他のリスクも高くなるわけです。それらを全体として低く抑えようというのがＡＬＡＲＡの考え方です」

「うーん、規制値が状況によって緩くなるという考え方は、国民からなかなか理解が得られないのではないですかねー。本来の規制値が守れないから緩和するというと、御都合主義と取られても仕方ないのでは……」

草木委員長は、ＩＣＲＰの緊急声明に懐疑的だ。

「私も委員長の意見に賛成です」

「国民は、何ミリシーベルトまでなら安全なのかを知りたいんですよ！」

「年間二〇ミリシーベルトなんて、とんでもない！」

草木委員長の発言を皮切りに、緊急声明への反対意見が相次いだ。

（駄目《だめ》か……）

連日に亘って報道される避難生活の惨状が、脳裏《のうり》に浮かんできた。

「皆さん、避難所生活の映像をご覧になっていますよね。今回のような緊急時でも年間一ミリシーベルトを堅持《けんじ》しようとすると、おびただしい数の人々が避難しなければなりません。お年寄りが寒い体育館で避難生活をしています。避難生活が引き金となって体力が低下し、病状を悪化させるお年寄りが、すでに大勢出ています。双葉町の病院では、避難先への長時間の移動で患者が体力を失い、一晩で一四人もの死者が出たそうです。

お年寄りが放射線を浴びたとして、どれだけ癌のリスクが上がるというんでしょう。リスクが上がったとしても、それでどうだっていうんでしょう。癌には長い潜伏期間があります。癌になるより先に寿命がくる人達です。もっと現実的に考えるべきです」

「今の発言、不適切だと思います。お年寄りを愚弄《ぐろう》しています」

若い女性の声がした。

大志田が質問した女性に目をやると、鋭い眼つきで睨み返してきた。

「年寄りは、癌の心配より避難生活に伴うリスクのほうが心配だという意味で申し上げたまでです」

別の場所から男性の声がした。

「私も問題発言だと思います。大志田さんの言い方だと、年寄りは放射線被曝で癌になっても問題ないというふうに聞こえます」

(恰好《かっこう》ばかりつけやがって！)

「いいですか！」

大志田は声を一段と張り上げた。

「あなた方の言ってることは、年寄りに寄り添っているようでも、実際には年寄りに残虐な仕打ちをしているんですよ。年寄りにとって健康上のリスクは、放射線ではありません。寒さ、栄養、ストレス、孤独、そういった諸々《もろもろ》の要因のほうが遥かに大きなリスクです。先ほども言いましたが、双葉町の病院では、避難の途中に一四人も亡くなっているんです。そのことをよく考えてください。皆さん、何を恐れているんですか。被曝を容認したといって非難されることが怖いんですか。もしそうだとしたら、あなた方は偽善者《ぎぜんしゃ》だ！」

気持ちが昂《たか》ぶって、最後は言い過ぎてしまった。

「大志田さん！　言葉を慎《つつし》んでください！」

草木委員長が語気を強めた。

「その論理は、現実との妥協じゃないのかなー」

猪俣の突き放したような声が横から聞こえた。

「妥協じゃないよ！　寒さやストレスで亡くなる方に、誰が責任を取るんですか！」

猪俣に向かって怒りをぶつけた。

黒縁眼鏡の奥の眼が一瞬、ひるんだように見えた。

猪俣は咳《せき》払いすると、少し間を置いてから口を開いた。

「そりゃー東京電力だよ。原因をつくった張本人なんだから」

「ちょっと、よろしいですか」

富永企画課長が割って入った。

「話が脱線しています。この委員会は、責任の所在を云々《うんぬん》する場所ではありません。また、住民避難の線量基準を議論する場でもありません。食品中の放射能の暫定規制値の妥当性を確認する委員会ですので、お間違えないようお願いします」

富永企画課長の事務的な発言は癪に障《さわ》ったが、当を得ていた。確かに、住民が避難すべきか否か判断するための線量基準は、政府の災害対策本部や原子力安全委員会で扱う問題だ。

大志田は気を取り直し、論点を変えてみた。

「状況に応じ参考レベルを設定することは、今回の緊急声明で初めて言い出したことではありません。二〇〇七年勧告で、非常時には、平常時とは異なる基準を用いるよう勧告しているんです」

「あの、大志田先生は、なぜそんなにむきになって緊急声明を弁護するんですか！」

女性の専門委員が発言した。

「それは……私は、ＩＣＲＰの第二委員会で専門委員をしていまして……緊急声明が勧めるＡＬＡＲＡを今まさに適用すべきだと思うからです」

虚《きょ》を突かれた気がして、しどろもどろの回答になってしまった。

すかさず草木委員長が言った。

「大志田先生には、声明の内容をわかりやすくご説明いただければ結構かと思います」

慇懃《いんぎん》無礼な発言にカチンときた。人に説明を求めておきながら、意見は言うなということか。

「ひとつよろしいですか。二〇〇七年勧告は、まだ国内法令に導入されてないんでしょ。放射線審議会で検討中のはずです。昨日、事務局から説明があったように、現行法令は一九九三年のＩＣＲＰ勧告に基づいているわけだから、一足飛びにこの緊急声明を受け入れるのは手続き面でもいかがなものでしょうか」

年配のベテラン委員が発言した。

（何が手続きだ！）

緊急勧告が急ごしらえではなく、ＩＣＲＰの一貫した考えに基づくことを強調したつもりが、逆に揚げ足を取られた恰好になってしまった。

「えー、二〇〇七年勧告は現在、文部科学省の放射線審議会で検討されていまして、今年の一月に中間報告が取りまとめられたところです。基本的には法令に取り入れる方向のようですが、いずれにしましても、まだ検討中です」

富永企画課長がベテラン委員の発言を裏づけた。

ＩＣＲＰ勧告は、出されてから法令に導入されるまでに数年から一〇年、ときには、それ以上の歳月をかけてきたというのがこれまでの実情だ。検討に時間を要するというよりも、他国が導入するまで様子見したケースも多い。

具体的に線量限度値が変わるのでもなければ、現行法令を改正するだけの動機に欠ける。原子力安全規制は、ただでさえ賛否両論が激しく渦《うず》巻く問題なだけに切羽《せっぱ》詰まった状況にでもない限り、当局は法令改正に後ろ向きなのだ。

「確かに、二〇〇七年勧告は、まだ法令に取り入れられていません。しかし、最適化を含む放射線防護の基本原則は、一九九三年勧告や、それ以前の勧告と違いはありませんよ。このような緊急事態に、形式的な手続き論を言ってる場合じゃないでしょ」

大志田は、無性に腹が立って反駁《はんばく》した。

「筋論を言うんだったら、この委員会だって本当は、まず原子力安全委員会や放射線審議会の議論が先にあって、それを踏まえて、食品の放射能汚染の議論があってしかるべきでしょう。しかし、そんな悠長なことは言っておれないから、毎日こうして集まっているんじゃないですか！」

誰も反応しなかった。

事務局も含め全員を敵に回し、一人だけ浮き上がっていた。

「暫定規制値は、原子力安全委員会が作成した防災指針に基づいて定められていますが、食品安全委員会は、あくまで原子力安全委員会とは独立です」

富永企画課長がまた、お役所的な発言を繰り返した。

その日、夜七時過ぎまで続いた会議が終わると、大志田は急いで外に出た。話しかけてくる者は一人もいなかった。大志田自身、誰とも口を聞きたくなかった。

ＩＣＲＰの緊急声明に内心では賛同したいと思った者もいたはずだ。緊急時だから被曝線量が一時的に上がってもやむを得ないし、一時的に限度を上げてでも他のリスク低減を図るべきだとの考えは、真っ当な専門家なら当然だ。

しかし、大志田に賛同する者はいなかった。昨日、チェルノブイリ原発事故やリスク論を説明した遠山先生でもいれば、展開が違っていたかもしれない。欠席されたことが悔やまれた。

事務局は、暫定規制値に専門家のお墨付きが得られればよいのだろう。これから暫定規制値を変更するとなると、おそらく議論が紛糾《ふんきゅう》して、収拾がつかなくなる。富永企画課長の発言に事務局の保守的な態度が見え隠れしていた。

委員会は、暫定規制値を追認するだけで終わるだろう。もう出席しても無駄に思えてきた。

車のライトが眼鏡越しに滲《にじ》んで見えた。滑《すべ》りそうになり、ハッと我に返ると、地下鉄霞が関駅に入る下り階段に足が掛かっていた。

6

翌日、大志田は、食品安全委員会に出席する前に、文部科学省に立ち寄った。旧知の白井敏郎《しらいとしろう》放射線安全課長からメールで、至急会いたいと連絡が入っていたからだ。

学校グラウンドの放射能汚染対策について相談できないかという。

白井と知り合ったのは、大志田がまだT大学にいて放射線の安全管理の実務を担当していた頃だ。白井は、文部科学省に統合する前の旧科学技術庁で、放射線安全課の課長補佐をしていた。その後、白井が経済産業省に出向したときに、同じく産技研から経済産業省に出向していた大志田と仕事で何度もやりとりがあった。互いに信頼し合う間柄だ。

大志田は白井の席に歩み寄ると、机上の書類にじっと見入っていた白井は徐《おもむろ》に顔を上げた。

「あっ、大志田さん」

目がどんよりして顔色も悪かった。疲れが大分溜まっているようだ。

「お疲れのようですね」

「ええ、家に帰れないですからねー」

白井は力なく言うと、小さく欠伸《あくび》をした。口臭が漂ってきた。

二人は応接ソファで向かい合った。

「急にお呼び立てしてすみません」

「いいえ、このところ霞が関に日参《にっさん》してるんですよ」

「会議ですか？」

「食品安全委員会です」

「食品ですかー。ウチは学校の被曝対策です」

「ＳＰＥＥＤＩ《スピーディ》は関係ないんですか？」

ＳＰＥＥＤＩとは、原発から放出される放射能が環境中に拡散する様子を、そのときの天候状態でシミュレーションするツールだ。

シミュレーション結果は、住民避難命令を出す際の有力な判断材料のはずだったのだが、その情報が活かされなかったとして、官邸、経済産業省、文部科学省などの間で責任の擦《なす》り付け合いが始まっていた。

「SPEEDIは別の課で扱っていて、ウチはグラウンドの汚染対策です」

「あれもこれもできないですよね」

女性が、お茶を運んで来てテーブルに置いた。

大志田は、お茶に口をつけた。

「もう春休みですが、新学期に入ってから校庭を利用するための判断基準を早急につくれ、と急《せ》かされているんです。皆、年一ミリシーベルトに拘るんで参っています。自然放射線が年二・四ミリシーベルトだというのにねー」

白井はこぼした。

「汚染された校庭の表層部分を何センチか除去するという話も浮上しているんです」

校庭の土の除去と聞いて、大志田はT大グラウンドの汚染土壌問題が蘇ってきた。恩師の彦坂がT大を去るきっかけとなった事件だ。T大グラウンドの片隅に放射性廃棄物が長年放置されたままになっていたことが発覚したのだ。ストロンチウム九〇とセシウム一三七だった。戦後間もない頃に当時の医療関係者が捨てたものだと後日わかった。

「T大グラウンドと同じ話じゃないですか」

大志田が白井の眼を見つめながら言った。

「あー、ありましたねー」

白井は、昔を懐かしむように、目を細め視線を遠くに向けた。

大志田が白井と知り合ったのも、この事件の処理を巡って、白井と何度も調整を重ねたことがきっかけだった。

「でも規模がまるで違いますけどね」

白井は、大志田のほうに向き直ると本題に入った。

「ＩＣＲＰが緊急声明を出しましたね。ＡＬＡＲＡに基づいて参考レベルを設定するよう強く勧めています」

大志田は黙って頷いた。

「緊急声明の趣旨を活かして、グラウンド問題をなんとか収められないかと考えているんです」

「それは良いアイデアですね」

白井がＡＬＡＲＡを持ち出すとは驚きだった。食品安全委員会の対応とは大きな違いだ。

「食品安全委員会でも昨日議論があったんですよ。ＩＣＲＰ関係者が他にいなかったので、私が緊急声明を説明しました」

「そうですか」

白井は眼を丸くした。

「でも駄目でした。ALARAの必要性をいくら説いても、平常時の線量限度を守れないから緩めるというのは、御都合主義だとかダブルスタンダードじゃないかと強く反対します。皆、規制を緩めた者として責任を追及されることを恐れているんです」

大志田は悔しい気持ちを吐露《とろ》した。

「うーん、普段の基準を緩めるとなると難しいのかなー」

腕組みした白井は難しい顔をしていた。

白井は、お茶を一口飲むと、気を取り直した様子で、

「いずれにしても、これからいろいろとお世話になります」

「具体的に、どのようなことを……」

「ALARAの必要性を省内で説いていくのは、並大抵なことではありませんが、その際に専門的な立場からいろいろと知恵をいただきたいのです。ウチの原発事故対応のトップは傘木《かさぎ》副大臣ですが、なかなかの難物《なんぶつ》です。それと、国会で放射線の専門家を参考

人招致することがありますが、大志田さんを候補者として推薦させてもらうかもしれません」

責任重大な仕事に思えたが、ＡＬＡＲＡの適用に向け頑張ろうというのなら、引き受けるに吝かではなかった。

「わかりました。ただ、私は四月から一年間サバティカル研修に入ります。アメリカに行くので、それまでということになりますが……」

「サバティカル研修なら自由にやれますね。是非協力をお願いします」

白井の表情は急に明るくなった。

サバティカル研修とは、大学教員や研究者に対する長期研修の一環として、半年から一年程度の間、本来の職場を離れて自主的な調査研究などに専念できるようにした制度だ。欧米の大学などでは以前から行われている制度だが、日本でも大学や研究機関を中心にサバティカル研修を導入する事例が増えている。

「アメリカには、いつ行くんですか？」

「五月の連休明けを考えていたんですが、震災対応で大分先になりそうです」

「ウチもここ二～三カ月が山だと思っています」

「今月いっぱいは、食品安全委員会とウチの研究室の放射能分析で動きが取れませんが、四月に入ったら研究室への出勤義務はなくなるので、協力できると思います」

「放射線安全シンポジウムを来月つくばで計画しているんですが、それも手伝っていただけそうですね」

白井は笑みを浮かべながら言った。

「どういうシンポジウムですか？」

「放射線の安全性について、できればＩＣＲＰの委員長とか事務局長に参加してもらってパネルディスカッションでもと思っているんですよ」

「ＩＣＲＰ関係者の参加、是非実現したいですね」

大志田は思わず声が弾んだ。

「場所は、つくばの研究交流センター。あそこなら同時通訳も入れられるし。知ってるでしょ」

「もちろん知ってますよ」

食品安全委員会では、賛同してくれる者は皆無だったが、ＡＬＡＲＡの活用を真剣に考えている官僚が眼の前にいる。

大志田は勇気づけられる思いがした。

「そうそう、参与の発令をしておきましょう。文科（文部科学）省の身分があったほうが何かと動きやすいですから」

白井は、そう言うと、後ろのほうを振り返って、

「枝川《えだがわ》君、ちょっと来て」

がっちりした体格の若者がやってくると、白井は、

「ウチの課長補佐の枝川です。こちらは産業技術研究所の大志田放射線研究室長、これからお世話になるからね」

大志田は立ち上がって、枝川と挨拶を交わした。


三日目の食品安全委員会は、セシウムの暫定規制値の議論の続きから始まった。前日はICRP声明の議論が途中で入ってしまったからだ。

「ヨウ素もセシウムも、ちょうど規制値を示す野菜があったとしましょう。もし一年間毎日ずっと規制値を示す野菜を摂り続けると、野菜に割り当てられた枠をヨウ素とセシウムでそれぞれ目いっぱいに使ってしまい、二ミリシーベルト被曝するという計算にな

りませんか？」と、ある専門委員。

「仰《おっしゃ》るとおりです。ヨウ素とセシウムのそれぞれの制限値に対する比率を足《た》して、その値が一を超す場合には出荷制限を課すとでもすればいいわけです。でも、原子力安全委員会の指針では、そこまで細かい計算は求めていません」

宮内専門官は、事細かな質問にも即座に答える。議論は、さらに専門的な領域に入ってきた。

「ただ、ご質問のケースでは、実は別の複雑な問題が絡んできます。ヨウ素の制限値は、ヨウ素が集積する甲状腺の被曝線量の五〇ミリシーベルト／年を食品別に割り振って計算しているわけです。実効線量を割り振っているわけではないのです。よろしいですか。一方、セシウムは……」

また、宮内専門官の話が延々と続きそうだった
「委員長、ちょっと発言させてもらえませんか」

大志田は挙手して、割って入った。

「規制値ぎりぎりの野菜を一年間も摂取し続けるということは、現実にはあり得ません。葉物野菜は、せいぜい一週間しか保たないんですから。しかも実際に口に入るまでには、

放射能は洗い流されて減ります。にもかかわらず、測定したときの野菜が、そのまま口に入るという前提で規制値が決められる。おかしいと思いませんか？」

大志田の飛び入り発言に、ある者は頷き、またある者は眉根《まゆね》を寄せて睨んだ。

大志田は続けた。

「それに、割り振られた食品ごとに規制値を設けると、結果的にものすごく厳しい制限になりますよ。ある食品で規制値ぎりぎりだとしても、他の食品でカバーされるのが普通でしょ。例えば、飲料水では制限値ぎりぎりだったとしても、野菜や牛乳は制限値を下回るといったように。現実に起こり得ないような議論のための議論では意味がありませんよ」

しばし静寂《せいじゃく》の後、富永企画課長が口を開いた。

「大志田専門委員のご意見は、ご尤もですが、食品安全委員会の役割は、現状の暫定規制値が適切かどうか判断し、もし適切でないとしたら、どう改めるかを審議することです。具体的にどう暫定規制値を変更することをご提案ですか？」

大志田もあり得ないケースを想定して、机上の空論をいくら繰り返しても始まらないと思って発言したが、具体的な答えを持ち合わせているわけではなかった。

「暫定規制値を見直すとなると、食物の群別分類の見直しからやらなければならないでしょう。しかし、そんな時間はありませんし、この委員会でできることでもありません。結局、制限値を全体として何倍にするといった形でしか修正はできないと思います。その意味で、平常時の線量限度ではなく、緊急時の目安線量を使うＡＬＡＲＡの考え方に則って、現状の暫定規制値を二倍あるいは四倍するのが現実的な対応だと思います」

「大志田さん、ＡＬＡＲＡは緊急声明の議論ですでに結論が出ています」

草木委員長は、すかさず釘を刺すと、宮内専門官に向かって、

「規制値を示す食品を毎日摂《と》り続けると、目標の被曝線量を超えることは、セシウムについてもヨウ素と同様ですか？」

突然、話を振られた宮内専門官は慌てた様子で、

「えっ！　はい、同じです」

宮内専門官は、一呼吸おくと落ち着きを取り戻し、また説明を始めた。

「ただ、セシウムはヨウ素に比べ半減期がずっと長いですから、ヨウ素の場合ほど大きな違いはありません。つまり、セシウムの限度値の三〇〇ベクレル／キログラムの濃度の野菜を毎日ずっと摂り続けた場合と、ある日三〇〇ベクレル／キログラムだったもの

で放射能が減衰し続ける野菜を毎日ずっと摂り続ける場合とで、ヨウ素の場合のように何倍も違ったりはしません。ただ……」

「いずれにしても、半減期の違いからくるということですね」

草木委員長も、昨日から続いてきた暫定規制値と被曝線量の議論にうんざりした表情を浮かべ、議論を締め括った。

7

三月二十六日、土曜日――

小田急《おだきゅう》線喜多見《きたみ》駅は高架化《こうか》され、昔の面影はなかった。猪俣は、文部科学省の傘木副大臣の自宅に向かって歩いていた。

食品安全委員会が翌週も毎日開かれるので、土日も東京に滞在することにした。H大学に傘木副大臣から電話があったそうで、猪俣が上京中と知ると、是非会いたいとのことだった。

傘木とは、猪俣がT大学助手時代に知り合った。傘木は当時、まだ都議会議員に成り立てだった。社会問題や公害問題に力を入れ、やがて原発反対運動にも積極的に関わるようになった。傘木にとって、猪俣は反原発の理論的支柱だった。

レンガ造りの二階建ての豪邸は偉容《いよう》を誇っていた。改築前の家には何度か訪れたことがあるが、当時はモルタル壁のごく普通の家屋だった。

猪俣は、自分だけ世の中から取り残されているような気がしてきた。知り合った頃は二人ともまだ若かった。傘木は、まだ一年生議員だったし、猪俣も「先生、先生」と呼ばれ、原発反対運動に居心地の良さを感じ始めていた。地方議員と大学助手と立場は違ったが、同僚のような感覚で、二人の間に上下関係のような意識はまったくなかった。

約束の二時にインターフォンを押し、名前を告げた。スライド式の門扉が自動で開いた。玄関扉が開くと、お手伝いさんらしき若い女性が出てきた。

応接室に案内されて暫く待つと、「やあ、久しぶり」と、傘木が勢いよく飛び込んできた。

最近、テレビで何度か見ていたが、こうして直に会ってみると、昔とはずいぶん変わった印象だ。やはり与党としての責任感がそうさせるのだろう。

「あまり変わりませんね。ほら、私はこのとおり」

傘木は下腹をさすりながら上体を反《そ》らした。

「どうぞ」とソファに座るよう促された。

「食品安全委員会で忙しいんでしょ」

（やっぱり、そうか）

「それしかないと思ったよ。俺を参考人になんて思うのは。傘木さん以外考えられない」

傘木は、満更《まんざら》でもなさそうな顔をした。

「内閣府の政務官をプッシュしてね。参考人に推薦してもらったんだよ」

「それにしても、俺みたいな反対派でいいんですかー。もう与党なんだから、しっかりしてくださいよ」

猪俣は、昔に戻った気分で軽口を叩いた。

コーヒーと、お茶菓子が運ばれてきた。

「本当は、もう少しゆっくり酒でも呑みながらと思ったんだが、五時に役所で打ち合わせが入ってしまったんだよ」

「大変ですね」

「うん、まったくだよ。政権を取ったとき、民生党の綱領で原子力をしっかり否定しておけばよかったんだ。原発をすぐやめるのは無理だとしても、廃止の方向をしっかり打ち出しておけばよかった。そうすりゃ、原発事故の責任は民自《みんじ》党におっ被せることができたはずなんだ」

傘木は悔しそうに語った。本音なのだろう。

猪俣は違和感を覚えた。原子力利用そのものを否定してきたつもりは、猪俣にはなかった。原子力や放射線の安全性は追及してきたが、原子力の意義を否定したことはなかった。傘木は、民自党を攻撃するための手段として、反原発を利用しただけかもしれない。

「校庭を利用する際の放射線基準をどうするか頭が痛いところなんだ。今は、平常時ではないので、ＩＣＲＰの言う目安線量に基づいて決めたいと事務方は言うんだよ。原子力安全委員会の意見も聞いたうえで決めたいと思っているが、どんなもんかね」

「食品安全委員会でも年二〇ミリシーベルトに緩和するＩＣＲＰの緊急声明が議論になったけど、受け入れられんでしょう。平常時の限度値がありながら、それを守るのは現実的でないから基準を緩めるというのは反対意見が強いでしょうね」

「そうだろうな。ただ、子ども達が校庭で遊べずに、部屋に籠りきりになってしまったら運動不足になる。そのほうが、マイナスが大きいという意見も根強いよ」

「それは居直りですよ。放射線の安全性と言っておきながら、いざ事故が起こると、今できる最善策はこうだとか、ほかにも危険があるとかいって、議論をすり替えようとする」

「やはり、運動場を掘り起こすしかないのかな。莫大な金がかかるけどね。野党時代なら、綺麗ごと言ってりゃよかったが、今は、そうはいかない。こう言っちゃなんだが、民自党のすごさがよくわかるよ」

傘木は苦笑しながら、胸の内を明かした。

「政権を担う大変さが身に沁《し》みる。野党時代の我々は餓鬼《がき》だったよ」

8

三月二十七日、日曜日――

大志田は早めの昼食を取り、午後一時開始の農協の説明会に車で出かけた。

自宅から学園西通りに出て、一五分ほど南に下ったところに、ＪＡつくばはあった。

休業中と表示をした店が所々目についたが、地震の影響は感じられなかった。

二階の会議室には、立ち見の者も含め百人近く集まっていた。他地区の農業関係者も参加していた。

冒頭、山田総務部長が説明会の趣旨を説明した。

大志田は、持参したパソコンをプロジェクターにつないで、パワーポイントの説明資料をスクリーンに映し出した。普段一般向けに使っている資料に、厚生労働省が三月十七日に発表した暫定規制値、野菜の除染、内部被曝などのスライドを追加してきた。

一語一語はっきりと、ゆったりした説明を心掛けた。

質疑応答に入ると、案の定、初歩的な質問が相次いだ。

「放射能と放射線は違うの？」

「ベクレルって何？　ミリシーベルトとの違いは？」

「何万ベクレルとか何億ベクレルとか、数字がやたらにでかくて不安だ」

「何ミリシーベルトだと癌になるの？」

大志田は、パワーポイントの説明資料を再度スクリーンに表示して、これらの質問にまとめて答えた。

「県北地域は放射能高いかもしれんけど、ここらは低いのでは？」

後ろの方で若者の声がした。

「そのとおり。原発から距離が離れるほど減るからね。ちなみに、つくばでは十五日の昼頃で一時間当たりセシウム一三七が……」

大志田は、研究室で行っている測定結果から具体的な数値を述べた。

「福島や北茨城よりも数値がずっと低いので、まったく心配することはないですよ」

「露地《ろじ》ものとハウスものでは違うんじゃないの？」

最前列中央に座る中年男性が質問した。

「そうです。放射能は塵《ちり》や埃と一緒に飛んでくるわけですから、当然、ハウスだとずっと少なくなります」

「俺んちはトンネルだ！」

別の男が叫んだ。トンネルとは、保温のためにビニールシートで覆った畝《うね》だ。

「トンネルも効果があります。ただ、ビニールに隙間《すきま》が空いてると効果は小さくなるかもしれませんね」

「総務部長の説明だと、汚染の酷《ひど》いところの露地ものを選んで測るんだって？　それじゃ、いくらＪＡつくばで大丈夫だと頑張っても無駄じゃねーの？　せめてハウスものと露地ものは別々に測定するように、県に頼んでもらえねーだろうか。それと、県単位じゃなくて市町村単位にできねーもんかな」

「露地もので測定して数値が高ければ、ハウスも含めてすべてダメなんて、酷過ぎますよね。しかも、県単位だなんて粗っぽ過ぎますね」

食品安全委員会で事務局が説明していたことを思い出して、大志田も質問者に賛同した。

「そうだ！　そうだ！」とあちこちで声が上がった。

最前列左端に皆の視線が集まった。

山田総務部長が顔をしかめながら、ゆっくりと腰を上げ、

「皆さんのご意見はよくわかります。ＪＡつくばとしても県に粘り強くお願いしていきますので……」

「東京電力か国に補償してもらわなきゃ！」

誰かが金切り声を上げた。

「そうだよ。まったく」

室内がまたざわついた。

山田総務部長は両手の平を広げ、皆に落ち着くよう促したあと、ゆっくりと語りかけた。

「皆さん、ＪＣＯ《ジェーシーオー》事故を覚えてますよね」

平成十一年九月、茨城県東海村の核燃料加工会社ＪＣＯが起こした事故だ。国内で初めて放射線被曝による死者を出した。作業員三人のうち二人が放射線を大量に浴び死亡、一人が重傷を負った。

「あのときは、東海村だけではなく、茨城県内の他の地域の風評被害も含め、補償されました。いずれにしても、収穫の日時や量など、ちゃんとメモに残しておいてください。それから請求書や領収証など証拠書類も。今後の成り行き次第では必要になりますから。

補償がいつ頃になるかはわかりませんが、ＪＣＯのときも半年くらいかかりました。今回は規模がまったく違うので、もっと時間がかかるかもしれません」

部屋の真ん中あたりで、胡麻《ごま》塩頭の中年男性が突然立ち上がった。菅谷《すがや》と名乗ると、しわがれ声で喋り出した。

「野菜を出荷するときに、一袋ずつ測ることはできないのかね？」

「出荷するもの全部ですか！」

山田総務部長は眼を丸くした。

「なあに、いちいち何ベクレルとか数字を出さなくても、規制値より下だとわかりゃいいんだろ。それなら、やりようがあるんじゃないの」

「……」

山田総務部長は渋い顔をして黙ったままだ。

「どうかね、大志田先生」

急に質問を振られ、大志田は一瞬戸惑ったが、

「確かに、暫定規制値より低いことだけを確認するのであれば、表面汚染の検査である程度なら測れるかもしれません」

放射能分析は、時間がかかるから現実的ではないが、高感度のヨウ化ナトリウムシンチレーション・カウンターで野菜の表面をサーベイすれば、ごく大雑把《おおざっぱ》に放射能が多いか少ないかくらいならわかる。ただ、もともと空間線量率を測定するものだ。表面に付着した放射能は検出できても、葉肉に取り込まれた放射能の検出には不十分だ。まして、素人が大量の野菜を手際よく測定することは困難だ。

「測定には、それなりに慣れが必要ですから、ちょっと現実的ではないですね。かえって混乱するかもしれません」

菅谷の表情が曇った。

「先生にそう言われちゃうとな。かといって収穫を先に延ばすこともできないよ」

「今は生長が速いから、直《じき》に薹《とう》が立っちまう。あと、せいぜい半月だよ」

後ろの方で声がした。

「そうだよな。すると農協の冷凍庫を使わせてもらうしかないのかなー」

菅谷は、山田総務部長をじろりと睨んだ。

「いまのところは空いてはいますけど……」

困惑顔の山田総務部長は口籠った。

「冷凍保存しとけば、放射能は一カ月もすればほとんどなくなるんだろ。なにも今、測って捨てなくたって。放射能騒ぎが収まってから売りに出せばいいんじゃないの?」

ヨウ素汚染の話をしているようだったが、セシウムはどうするんだろう。大志田が質問を引き取った。

「確かに冷凍保存という手はありますね。ただ、仰っているのはヨウ素汚染の場合ですね。ヨウ素は一カ月もすればほとんど放射能はなくなりますが、セシウムは半減期が三〇年と長いので、そういうわけにはいきません」

「ヨウ素で出荷が駄目になったときだけでも助かるよ」

「ヨウ素汚染に限っていえば、有効かもしれませんね」

「よし! 冷凍保存しといて、暫く様子を見よう」

菅谷のしわがれ声が部屋中に響き渡った。

その夜、妹の珠美から電話があった。

「そっちの様子はどうだ。だいぶ混乱しているようだけど」

避難勧告が何度も変更されたり、国の避難勧告と地元自治体の避難勧告が重複したり、かなり混乱していた。

『あゆみを兄さんのとこで預かってもらえないかなと思って電話したの』

（やっぱり……）

「いいか、福島市の放射線レベルは俺もいつもチェックしているよ。今は都内と比べれば確かに高いけど、問題になるようなレベルじゃないよ。まったく心配いらない」

大志田は、新聞に掲載される各地の放射線量を毎日チェックしている。福島市は、原発から距離が離れている割には高いが、それでも毎時一〇マイクロシーベルトを超えていたのが、この一週間で数マイクロシーベルトにまで下がってきている。

『兄さんが、いくらそう言っても、こっちの人は、そう思ってないわよ。あゆみの友達も外では遊ぼうとしないし、疎開した子もいるのよ。一人では、どうしようもないじゃない』

「そのうち落ち着くから大丈夫だ。家族と離れて疎開なんかすれば、子どもが寂しい思いをするだけだよ。放射線なんかより、そのほうが余程《よほど》心配だよ。原発のことで何かあったら、こっちから連絡するよ。いいな」

大志田は、そう言って電話を切った。

翌日、午後七時まで続いた食品安全委員会を終え、大志田が帰宅したのは十時過ぎだった。門扉の脇にダンボール箱が置かれていた。石油ファンヒーターの絵が描かれたその箱はガムテープで閉じられていた。

インターフォンで道子を外に呼び出すと、パジャマにジャンパーを羽織っただけの寒そうな恰好で出てきた。

「夕方、買い物から帰ったときは何もなかったはずだけど……」

道子は首を傾げ、怪訝《けげん》な表情だ。

「なんだろう」と押してみると容易に傾いた。

「とにかく開けてみるか」

大志田は、ガムテープを剥いで、上蓋《うわぶた》をゆっくりと開けた。

「ホウレンソウだ」

「なに、これ?」

(そうか)

大志田にはピンときた。

「嫌がらせだな。昨日、農協の説明会で野菜は大丈夫だと言ったからだ」

「気味が悪いわね」

道子は、腕組みをしたまま寒そうにしていた。

「とにかく、中に入れよう」

大志田は、ダンボール箱を抱えて玄関に入り、上《あ》がり框《かまち》に置いた。

「そんなに安全だというんなら食べてみろってことだろう。こっちを試そうってんだよ」

「このあたりで採れたものじゃないかもしれないわよ。福島で採れたものだったりすると怖いわねー。『はかる君』使えないの?」

「使えないわけじゃないが、用途が違うからな。あれはベクレルを測るものじゃなくて、一時間当たりの被曝線量を示すものなんだ。だから、これで何ベクレルと測ることはできない」

「じゃ、ベクレルを測れる測定器は持って来れないの?」

「放射線の種類と用途に応じて、使い分けないといけないんだ。そのあたりのことが素人にはなかなかわからないのさ。それよりも家で採れた小松菜があるだろ。それと比べよう。大雑把な目安にはなるからね」

「家で採れた小松菜と大きな違いがなければ大丈夫ということ？」

「そういうこと。放射能は心配ないんだが、何か変なもので汚染されてると、そっちが気になるな。いずれにしても水でよく洗って、必ず熱を通すようにしよう」

道子の不安を和《やわ》らげるためにも、大志田は努めて平静を装《よそお》った。

「こういう嫌がらせは軽く受け流すに限るよ。そうだ！　メモでも貼り付けて箱を戻しておこう。箱を置いたヤツは必ず様子を見に来るよ。『ありがとうございます。小松菜も好物ですので、よろしくお願いします』とかさ」

9

三月三十日、水曜日――

「――それでは、次に二四頁に進みます。コメントありますでしょうか」

草木委員長の声が会議室に響いた。

食品安全委員会は最終日を迎えていた。前日までの議論で暫定規制値を追認する方針が決まっていた。

事務局が準備した答申案が配布され、一頁目から順番に確認作業が行われた。皆、机上の配布資料に集中している。

「中段のところに、『一〇〇ミリシーベルト未満の低線量域での放射線の人体への影響については、ほぼ影響がないことを示唆《しさ》する報告及び、何らかの影響を示唆する報告の双方がある』とあります。どう考えても発癌リスクがないとする研究成果のほうが多いはずです。双方とも同じくらいあるような表現は、改めるべきだと思いますね」

男性の専門委員がコメントした。

「『ほぼ影響がないことを示唆する報告が多い』とでも表現しましょうか？　先生、具体的な修文案をお願いします」

コメントはしても、はっきりと代替案を示さない者が多く、草木委員長は苛立《いらだ》った様子だった。

「『基本的に影響がないことを示唆する報告が多いが、一部に、そうではないという報告も見られる』といった感じでしょうか」

コメントした専門委員が修文案を読み上げた。

「委員長！」

猪俣の鋭い声がした。

「はい、どうぞ」

草木委員長は猪俣を指差した。

「発癌リスクがないことを示す研究のほうが多いといっても、バイスタンダー効果は、明らかに発癌リスクを示しているわけですよ。数を比較するのは不適切だと思います」

大志田は、猪俣の発言にすぐ反応した。

「低線量の影響はないと断言はできませんが、低線量の影響はないことを示唆する研究成果は、たくさんあります。加えて、ホルミシス効果関連の成果も最近では増えていますから」

「原子力推進派の言い分だね、それは。推進派は、低線量の影響はないとか、健康に良いという成果が喉から手が出るほどほしいはず。国も電力会社も、ホルミシス効果の研究に湯水のように研究費を注いでいるしね」

猪俣は冷たく言い放った。

「この部分は、あくまで研究報告の数の比較をしているわけですから、先ほど修文していただいた表現にします」

草木委員長が断じた。優柔不断に見えた委員長も、この日は違っていた。今日中に取りまとめなければとの並々ならぬ決意が漲《みなぎ》っていた。

「ちょっと気になる部分があるんですが……」

白髪の老紳士が遠慮気味に言った。初日の会合でチェルノブイリ原発事故や放射線のリスクをわかりやすく説明した遠山博士だ。二日目からインフルエンザでずっと欠席していた。

「どういうことかと言いますと、確かに放射線への曝露はできるだけ少ないほうが良いという姿勢に私も賛成です。ただ、あまりに放射線だけに囚われ過ぎると、かえって他のリスクを増やしてしまうんではないかと思います。初日のリスク論のときにもお話ししましたが、放射線に過剰反応して野菜の摂取を極端に控えたりすると、別のリスクが生じる恐れがありますからね」

（ALARAじゃないか！）

「仰るとおりですね。野菜摂取量が減ると癌のリスクが上がりますしね」

遠山委員の発言に大仰《おおぎょう》に頷きながら、草木委員長は丁寧にフォローした。

（なにが仰るとおりだ！　俺が言ったＡＬＡＲＡと同じじゃないか！）

長老の委員に敬意を表したつもりだろうが、大志田は草木委員長の態度に腹が立った。

俺が必死になってＡＬＡＲＡを説明したときは反対したではないか。

「ＩＣＲＰの緊急声明のときに議論しましたよね。そのとき委員長は反対しましたよね」

大志田は草木委員長を睨みつけた。

「放射線のリスクだけに囚われ過ぎずに、他のリスクも併せて考えよう。それがＡＬＡＲＡの精神です。あのとき、皆さん反対したじゃないですか！」

大志田は怒りを抑え切れなかった。眼のやり場に困ったように俯《うつむ》く委員もいた。

「ＩＣＲＰの緊急声明を受け入れ、もっと現実的な基準にするなら大賛成ですよ。今からでも遅くない。どっちなんですか！」

大志田は声を荒らげて迫った。

「ちょっと待ってください！」

富永企画課長が大きな声を上げた。

「ＩＣＲＰの緊急声明の議論をしたときに、規制値が守れないから緩めるという姿勢は、はっきりと否定されました」

富永企画課長は強い調子で断じた。口を真一文字に結んで、大志田を睨みつけていた。

「しかし、今、ＡＬＡＲＡを支持する意見が出たわけですよね。改めて議論すればいいんじゃないですか。何か問題あるんですか」

大志田は反駁した。

「昨日までの審議で結論が得られています。今日の会議で答申がまとまるという前提で、すでに内閣府幹部にも説明し、関係府省とも調整済みです。円滑な審議にご協力ください」

富永企画課長は、事なかれ主義で評論家タイプの役人だと思っていたが、今日は様子が違った。取りまとめの期日だけは絶対に譲れない、という強い意志が窺えた。

「結論は昨日までの議論で固まっています。今は報告書の取りまとめです。よろしいですね！」

草木委員長も富永企画課長の発言に同調した。

「ええ、わかっていますよ。放射線のリスクだけに囚われ過ぎると、他のリスクを増やしてしまう恐れがあるという意見が出たので、ＡＬＡＲＡの話をさせていただいたまでです」

（やっぱり駄目だ）

遠山委員の発言をきっかけに流れが変わるかと思ったが、最終日ではさすがに遅かった。ＩＣＲＰの緊急声明を議論した日に、遠山委員が欠席だったことが改めて悔やまれた。

この後も細かな修文が続き、『放射性物質に関する緊急取りまとめ』と題された答申が出来上がった。ＩＣＲＰやＷＨＯ《ダブルエイチオー》（世界保健機関）をはじめ、内外の関係機関による知見を随所《ずいしょ》で引用して、暫定規制値をほぼそのまま追認した内容だった。今日出された意見を踏まえた修正が出来次第、公表することとされた。

突然、草木委員長が立ち上がった。

「二十二日から本日まで集中的に議論して参りましたが、ようやくまとまりました。これもひとえに皆様方のご協力の賜物《たまもの》です。厚く御礼申し上げます」

挨拶を終え、腰を下ろした草木委員長の顔には、安堵《あんど》の表情が浮かんでいた。

10

委員会が終わると、大志田は猪俣とともに合同庁舎を出た。委員会初日に、一度呑もうという約束になっていたからだ。

地下鉄虎ノ門《とらのもん》駅近くの焼鳥屋に入った。

一番奥のテーブルに向かい合って座り、生ビールと焼鳥を二人前注文した。

「何はともあれ、まずは乾杯だ！」

猪俣がジョッキを持ち上げた。

大志田もジョッキを合わせて半分まで一気に空けた。土日を除き連日のように開催された委員会もやっと終わった。結果はともかく、解放された気分だった。

「結局、原子力防災指針に書かれた規制値を追認しただけだったな。まあ、結論は最初から見えてたけどさ」

猪俣は壁に背中をもたせかけた。

「原子力の専門家が長年かけて検討した暫定規制値を、たった一週間や、そこらで見直せるはずないよ。まして食品安全委員会は放射線の専門家が少なかったからな。そもそも無理なんだよ」

「委員会のメンバー構成は確かに問題でしたねー。私は、この緊急事態に暫定規制値をなんとか現実的な値に緩められないかと思っていました。ＩＣＲＰの緊急声明を受け入れる展開になれば良かったんですが、残念です！」

やはり目的を果たせなかった悔しさが込み上げてきた。

大志田は焼き鳥を一串食べた。

「ＡＬＡＲＡか、君も随分頑張ったよな」

「そもそもＡＬＡＲＡがわかってないメンバーだから、どうしようもないですよ」

「しかし、君の主張もある程度通ったというべきじゃないの？」

「えっ！　どうしてですか？」

猪俣の言った意味がわからなかった。

「もともと原子力安全委員会の防災指針は、内部被曝しか考えていないだろ。しかも年五ミリシーベルトに相当するわけだよ。平常時の限度の年一ミリシーベルトに拘れば、五分の一にしなければと言う意見が出たかもしれないよ」

「そういう理屈ですか……」

昭和五十五年に原子力安全委員会が指標値を定めた当時、平常時の公衆の線量限度は、現在の一ミリシーベルトの五倍の五ミリシーベルトだった。指標値には、外部被曝や呼吸に伴う内部被曝は考慮されていない。したがって、暫定規制値は被曝経路すべてを網羅しておらず、不十分という理屈が成り立つことになる。

「なぜ、それを発言しなかったんですか？」

「馬鹿の一つ覚えのようにバイスタンダー一点張りじゃなくてな」

猪俣は、自嘲《じちょう》気味に笑うと、ジョッキを空《から》にした。

「まあ、混乱するだけのような気がしてね」

「君は、暫定規制値をＡＬＡＲＡでさらに緩めたいと思って頑張ってただろうが、それが結果的には暫定規制値がより厳しくならないよう歯止めをかけていたということだな」

「まあ、そういう見方もありますかね」

猪俣の理屈は釈然《しゃくぜん》としないものの、一理あるようにも思えた。

大志田もジョッキを空けると、ビールを追加注文した。

「これから原発はどうなるんでしょうかね？」

大志田は話題を転じてみた。

「そりゃ、原発は次々と止まるよ。今運転中の原発も、順次定期検査に入るだろう。一旦止まれば再稼働できるかどうかわからんな。火力が増えて、やがて電気代は二割三割と跳ね上がる。二酸化炭素削減もどこ吹く風、各国から批判を浴びることになるよ」

猪俣は淀みなく語り始めた。

「国政選挙も脱原発が争点になるよ。脱原発を掲げて当選した連中の在任中に経済は悪化する。企業は海外に出て行き、地方の過疎化はさらに進む。すると、次の選挙か、そのまた次の選挙で、地方活性化にはやはり原発が不可欠だ、となる。今、脱原発と騒いでいる県や市町村も、原発を動かしてくれと国や電力会社に頼み込むだろう。まあ、早くて五年、場合によったら一〇年後だろうけどな。原子力はそれからだよ」

猪俣は、そこまで喋ると、レバーを口にした。

原発反対運動に長年関わり、地域の実情にも詳しいからか、猪俣の見立てには妙に説得力があった。

「いずれにしても、原発の建設は当分無理だな。既存の原発も老朽化で廃止になっていく。半世紀近くに亘った核燃料サイクルの自主開発路線も維持できなくなる」

核燃料サイクルとは、原発から出る使用済核燃料の中からウランやプルトニウムといった再利用可能な物質を取り出し（再処理）、新しい燃料に加工して、原発の燃料として再利用する方式だ。核燃料サイクルの確立は、日本の原子力政策の要として位置づけられてきた。

「原子力をすべて否定してしまうと、一〇年か二〇年先になって、原子力に頼らざるを得ないと気づいたときには、もう手遅れですよね。技術の継承者がいなくなってるわけですから」

原子力の政策談義に話が弾んだ。

「せっかく、『原子力ルネサンス』といわれるまでになった矢先にこの事故ではなー」

猪俣は口もとを歪めながら、大志田の顔色を窺った。

大志田はムッとして、言い返した。

「猪俣さんは、原子力ルネサンスに対抗するために、バイスタンダーの研究に取り組んでいるんでしょ」

「ふん、痛いとこ突くね」

猪俣は、じろりと大志田を睨んで、

「まあ、当たらずといえども遠からずだがね」

猪俣は、ジョッキに口をつけた。

「だけど、今は、なんだか割り切れない気持ちなんだよ。肩すかしを食らったようで」

「どういうことですか？」

「これまでどんなに抵抗してもびくともしなかった国や電力会社が勝手にこけてしまって……。反発していた相手が突然いなくなって寂しいような気がするんだよ」

猪俣は、しんみりと言った。

「原子力は駄目で、新エネルギーだとか自然エネルギーだと囃《はや》し立てる連中を目にすると、無性《むしょう》に腹が立ってくるんだよ。やれ太陽光だ、風力だ、地熱だと、いろいろ言うけど、連中はまるでわかってないんだよ。単なる願望で技術的な裏づけなどまったくない。また、いい加減な話にすぐ乗っかる政治家や経営者がいるんだよ。バカバカしいじゃないか！」

猪俣は語気を強めた。

「そうですね」

大志田も常日頃同じ思いを抱いていた。

皆、自分の生活がエネルギーにいかに依存しているかよくわかっていない。家の冷暖房や照明など、身の回りの目に付くところだけ節約に努めていれば、それで省エネを実践していると勘違いをしている。

「太陽光や風力なんて、あんな密度の低いエネルギーを、どうやって有効利用しようというんだい。まるで子ども騙《だま》しじゃないか」

「科学や技術に疎《うと》い人にわかってもらおうと思っても、所詮《しょせん》無理ですからね」

産技研を訪れる見学者に幾度《いくど》となく放射線の説明してきた経験から、猪俣の言うことがよくわかった。

「あの、ひとつ訊いてもいいですか?」

「うん?」

黒縁眼鏡の奥の猪俣の眼が優しかった。

「原発反対運動を長いこと続けてこられましたよね。原子力に対するスタンスが、その当時と今とでは大分違うと思うんですが……」

猪俣に是非訊いてみようと思っていた質問だった。

「ふん、そのことか」

猪俣は鼻を鳴らした。

「大学が変わったんだよ。国立大学が法人化しただろ。それが効《き》いたんだよ」

大志田は首を傾げた。猪俣の言わんとするところがわからなかった。

「ウチも工業技術院が独立行政法人化して産技研になりましたが、法人化がどうして？」

二〇〇一年、それまで国の機関だった工業技術院は、独立行政法人産業技術研究所に生まれ変わった。一方、国立大学は、二〇〇四年に国立大学法人という新たな組織形態になった。両方とも国丸抱えの体質から大きく変容し、職員は、それまでの国家公務員の身分を失った。

「個人の業績が問われるようになったんだよ。それまでの研究室のなあなあ体質が一変した。君もわかってるだろう？　俺ら原発反対派は、研究なんか何もやってなかったことを」

猪俣はじろりと大志田の顔を睨んだ。

「ええ、まあ」

大志田は内心そのとおりと思ったが、差し障りのない返事に留《とど》めた。原発反対運動にのめり込んでいる大学教員は、まともな研究などほとんどやっていないことは、大学関係者なら大抵知っている。

「当然、論文が書けないわけだ。だから、自分の力で研究費は取れないし、研究チームにも入れてもらえない。昔はそれでもなんとかやっていけたんだよ。ところが法人化で、助教まで含めて、一人ひとり厳しく業績を評価されるようになった」

「確かに産技研も独法化（独立行政法人化）で評価は厳しくなりましたね。研究室単位というより、個人個人の成果が問われるようになりました」

「今も研究室に、昔の反対運動の仲間が一人いるんだ。六〇近いのに、助教のままでさ」

「そうですか」

「惨《みじ》めなものだよ」

猪俣はポツリと呟いた。

沈黙が続いた。

大志田は、焼き鳥の残りを平らげた。

猪俣は、枝豆を一つ、また一つと口に運んでいた。

「彦坂先生どうしてるの？」

猪俣は、しんみりとした口調で訊いた。

「郷里の山梨で悠々自適な生活をされています。彦坂研究室のＯＢ会が毎年開かれるんで、そのときにお会いしますよ」

「ＯＢ会か」

猪俣は、そう呟くと、小さくため息をついた。

「昨年は欠席でしたが、一昨年はお目にかかりました。頭は相変わらずシャープですよ」

「ふーん」と猪俣は頷いた。

Ｔ大にいた頃の同僚達がどうしているか知りたいのだろう。

「今度、ＯＢ会の名簿送りましょうか？」

「うーん？　うん」

躊躇《ためら》い気味の返事だった。

素直にＯＢ会名簿がほしいとは口に出しにくいのかもしれない。

「それじゃ、行こうか」

猪俣は、すっくと立ち上がった。

すでに午後十時を過ぎていた。時間が経つのが早かった。

猪俣と別れたあと、新橋駅《しんばし》まで歩いた。腹を割った話ができた気がして、爽《さわ》やかな気分だった。猪俣は思いのほか率直だったし、反対運動から転向した理由もわかるような気がした。放射線の安全に対する主張は異なるが、原子力については同じ思いがあるような気がしていた。

第三章　ＡＬＡＲＡ

1

三月三十一日、木曜日——

年度末、大会議室の檀上《だんじょう》には二〇名近くの定年退職者が一列に並び、順番に挨拶していた。皆、大震災の対応で慌ただしさに追われたと語っていた。

放射線研究室に退職者はいないが、大志田も研究所の幹部の一人として送別会に顔を出した。例年だと理事長はじめ幹部が勢揃いして盛り上がるところだが、今年は、理事長メッセージは東京事務所からのテレビ中継だった。

「やあ、このあいだ頼んだ農協説明会はどうだった」

セレモニーが終わり、懇談が始まると、江口企画部長が声をかけてきた。

「大勢集まったんですが、なかなか話が通じませんでした」

「ご苦労さんでした。私は今日付けで産技研を退職することになりました。明日から経済産業省に戻ります」

「そうですか。本省のどちらに？」

「うん、大臣官房。後任には本省から私の後輩がくるからよろしくね」

江口企画部長は機嫌が良かった。古巣に戻れるのがよほど嬉《うれ》しいようだ。産技研には、こうした本省からの出向者が他にも何人かいるが、みな二〜三年で戻っていく。

その夜、大志田は帰宅して食事を取ると、すぐ書斎に入った。

夕刊の見出しに『食品安全委員会、暫定規制値を追認』と書かれていた。

――内閣府食品安全委員会は、食品中の放射能濃度について現状の規制値を維持することを決定した。飲食物摂取制限に関する指標の根拠となる線量について、ヨウ素一三一は甲状腺等価線量が年間五〇ミリシーベルト、セシウム一三七は実効線量が年間五ミリシーベルトとした。野菜類の暫定規制値は、それらに対応するよう、ヨウ素一三一は二〇〇〇ベクレル／キログラム、セシウム一三七は五〇〇ベクレル／キログラム――

結論はわかっていたが、改めてこうして記事を見ると残念な気持ちがした。

内閣府のホームページには、『放射性物質に関する緊急とりまとめ』と題した最終報告書が掲載されていた。審議で参照した文献の概要説明や、原子力安全委員会が定めた現行の規制値の説明が中心で、今回議論した内容にはほとんど触れられていなかった。

ＩＣＲＰの緊急声明は、報告書の最後の参照文献の欄《らん》に数行、申し訳程度に記載されているだけだった。こんなことなら最初から答は決まっていたようなものだ。毎日延々と議論したが、結局、時間の無駄だった。

そうだ。フレミングにメールしよう。

大志田は、ＩＣＲＰのフレミング事務局長に緊急声明のお礼方がたメールしようと思いついた。フレミングは、事務局長としてＩＣＲＰの運営全般を切り盛りするキーパーソンだ。今回の緊急声明にも、リーブマン委員長とともに署名している。これまで大志田は、フレミングと特に親しい間柄ではなかったが、大志田が毎年第二専門委員会に出席するときには必ず顔を合わせていた

——親愛なるフレミングへ

第二専門委員会の大志田信吾です。このたびは、緊急声明発表していただき、遅ればせながら深く感謝いたします。

私は、政府の食品安全委員会の専門委員を務めており、食品中の放射能濃度の規制値の検討にこの半月かかりっきりでした。会合二日目にＩＣＲＰ声明文が席上配布され、私がＩＣＲＰ専門委員ということで、説明役を買って出ました。声明文の趣旨、特にＡＬＡＲＡの必要性を私なりに訴えました。

しかし、委員らの反応は芳《かんば》しくなく、なかにはＩＣＲＰそのものに疑念を抱く者もいました。食品安全委員会は、放射線の基礎的知識を欠く者も多く、当然ＩＣＲＰについてよくは知らないわけです。ＡＬＡＲＡは、ダブルスタンダードだと決めつけます。ＡＬＡＲＡなどと言い出す前に、そういう事態を招いたことの責任の所在を明らかにすべきだという議論になります。残念ながらＡＬＡＲＡが日本で受け入れられることは当分期待できそうにありません。——

ここまで書いて一息入れた。ビールを取りに階下に降りた。家族はもう寝ていた。

再びパソコンに向かった。

――今回、自分でＡＬＡＲＡについて何度も説明して感じたのは、ＡＬＡＲＡの理念はともかくとして、具体的に適用するのは難しいということです。被曝を避けることで得られる利益と防護措置を取ることによる損失、つまり、栄養失調や運動不足など心身への悪影響による損失や経済的、社会的な損失を比較しようとしても、それを定量的に評価することができません。しかし、これらを評価しないことには、ＡＬＡＲＡは現実に適用できないわけです。

避難生活が引き金となって病状を悪化させたり、寿命を縮めたりする老人が出ています。無理をして避難しなければ、おそらく寿命を全うできた方々です。しかし、現実は、被曝を回避するためだけに劣悪な環境で集団生活を強《し》いられるわけです。

老人が被曝したからといって、いったいどれだけ癌のリスクが上がるというのでしょう。仮に癌が誘発されるほどの放射線を浴びたとしても、潜伏期間のうちに天寿を全うするでしょう。

今はちょっと力が抜けてしまった感じです。それでは、また。――

最後は愚痴《ぐち》っぽくなってしまったが、そのまま送信した。

書斎の窓から見えるつくばセンター駅あたりの灯《あか》りは、震災前より弱々しかった。放射能分析と食品安全委員会の対応に追われた毎日が蘇ってきた。

放射能分析は、観測を始めた一五日の値も心配するほど高くはなく、翌日からは下がり始めたので、当初からあまり心配していなかった。今後、原子炉の大きな爆発さえなければ、このまま徐々に減少していくはずだ。現に、新聞に毎日掲載される各地の放射線量も確実に下がってきている。

食品安全委員会は残念な結果になってしまった。せっかくＩＣＲＰの緊急声明が出されたのに、自分の力ではどうすることもできなかった。今後、白井課長からの仕事はどうなるかわからないが、ＡＬＡＲＡの活用を考えているとのことなので、できるだけ協力するつもりだ。それにめどがついたら、早くサバティカル研修に出たい。

この半月は、普段の二～三カ月にも匹敵するくらい濃密な時間を過ごしたような気がしていた。

週末に発売された週刊情報に『食品安全委ＩＣＲＰ声明否決』と大きな見出しで報じられていた。

――国際原子力機関、世界保健機関をはじめとする国際機関や各国政府が放射線の安全について、すぐ引き合いに出すのが「国際放射線防護委員会（ＩＣＲＰ）」だ。関係者以外には、これまでほとんど知られていなかったＩＣＲＰとは一体どのような組織なのか、本誌は緊急調査を行った。

ＩＣＲＰは一九二八年、国際放射線医学会として発足。その後、一九五〇年に現在の姿になった。放射線防護に関する勧告を行う研究者からなる非営利団体だ。一二人で構成する主委員会の下に専門別に五つの専門委員会がある。本部組織は持たない、言わば専門家のネットワーク組織だ。現在はカナダのオタワ在住の研究者が事務局業務をこなしている

一方、欧州放射線リスク委員会（ＥＣＲＲ《イーシーアールアール》）は、微量でも弱い放射線を浴び続けることはＩＣＲＰが想定するより遥かに大きな健康被害をもたらすと主張する。特にプルトニウムを体内に取り込んだときの内部被曝の影響が大きいとしている。

両者の主張は鋭く対立している。『ＥＣＲＲの主張は、専門家の査読を経た論文に基づいておらず、科学的根拠が不十分』とＩＣＲＰがいえば、『ＩＣＲＰは原子力利用の推進を大前提とし、放射線のリスクを過少評価している』とＥＣＲＲは反発する。――

大志田は腹が立ってきた。ＥＣＲＲなんかをＩＣＲＰと同列に並べ比較している。ＩＣＲＰと名前が似ているだけでＥＣＲＲなどまったく論評に値しない組織だ。記者の不勉強も甚だしい。

先を読み進めた。

――食品安全委の審議中に突然、ＩＣＲＰの緊急声明文が配られた。専門委員の一人が声高に説明するという異例の展開もあった。独立行政法人産業技術研究所の大志田信吾放射線研究室長だ。ＩＣＲＰの専門委員を務めている。

この緊急声明はすでにあちこちで報じられ、読者諸氏もご存知だろう。今は緊急時だから、平常時の線量限度を緩和すべきという内容だ。年一ミリシーベルトの基準があるのに、今はそれを守れないから二〇ミリシーベルトまで認めようという。どう理屈をつけようが、御都合主義以外の何ものでもない。

ＩＣＲＰは、自ら研究する組織ではない。「原子放射線の影響に関する国連科学委員会（ＵＮＳＣＥＡＲ《アンスケア》）」の調査結果などを、勧告する際の判断材料として使っている。ＩＣＲＰは最初から原子力ありきの組織で、原子力推進派にとっては最後の拠り所《よどころ》だ。一応各国政府からも国際機関からも独立した組織形態を取ってはいるが……。――

どうして御都合主義なんだ。大志田が委員会で主張したのは、実際に被曝が起こってしまった以上、今できる現実的な対応をすることが肝心だということだ。手を拱《こまね》いている場合ではないのだ。

「どうしたの？」

呼びかけに誌面から顔を上げると、道子がソファの脇に立っていた。

「さっきから独り言なんか言って」

「うむ？　帰ってたのか」

記事に集中のあまり気づかなかった。

「ここ読んでみろよ」

隣に腰かけた道子に週刊情報を渡した。

道子は眉根を寄せ記事に見入った。

「なっ、酷い記事だろ。なんにもわかってないんだよ」

「よくわからないけど、あなたも批判されているみたいね」

「俺が会議で訴えたＩＣＲＰの緊急声明を御都合主義だと決めつけているんだよ。何もわかってないんだ」

大志田は声を荒げた。

「でも、事故はないと言ってきて、いざ起きてしまったら、これまでの基準を緩めようというのは受け入れられないかもね」

「オマエも週刊誌と一緒か！」

「そうじゃないけど、理屈が通らないと思うわ。約束を守れなかったのなら、原子力をやめるしかないんじゃない？」

「だからオマエ達は単純だと言うんだよ」

「そういう言い方はやめてよ！」

「いいか、エネルギー資源のない日本が原子力なしで本当にやっていけると思っているのか！」

「太陽光や風力をもっと増やせばいいのよ！」

「そんなのマスコミの受け売りだろ。わかって言ってるのか！」

大志田はいつも思う。「脱原発」を声高に叫ぶ輩《やから》がいるが、そういう連中にだってエネルギーに頼り切った生活をしている。しかもそのことに気づいていない。自分のことは棚に上げて、自然エネルギーや省エネルギーだけで、すべてのエネルギーが賄《まかな》えるかのような夢物語を吹聴《ふいちょう》する。政治家や芸能人だけでなく、世間で知識人とされている者にも大勢いる。


その夜、フレミングから返信メールが届いた。

——親愛なる信吾へ
ＡＬＡＲＡが受け入れられなかったと知って、とても残念な気持ちだ。ＩＣＲＰの理念の根幹だからね。君の落胆する気持ちはよく理解できるよ。ＡＬＡＲＡを理解してもらうことの難しさ、それは君に言われるまでもなく、十分認識しているつもりだよ。これまでチェルノブイリ原発事故をはじめ、さまざまな事態に直面してきたからね。日本は唯一の被爆国だから、放射線に対して特別の拒否反応があるように思う。ＩＣＲＰは、放射線をもとに、他のリスクも視野に入れた包括的なリスク管理に焦点を当てていく必要があると思っている。

ところで、食品も大事だが住民避難はどうなっている。ＣＮＮ《シーエヌエヌ》で福島の映像を見ると、皆、寒そうで心配だ。日本はカナダに比べるとずっと温暖なはずだが……。持ち運び用の小さな器具で暖を取っているようだが、ちょっとお粗末な気がする。日本に滞在経験のある友人の話では、日本の冬はとても寒いそうだ。屋外は、それほどでもないが、屋内がとても寒い。暖房や食料など環境がよく整備された所で避難生活するならいいが、無理に避難して寒さや栄養失調で健康を損ねたら元《もと》も子《こ》もないからね。

チェルノブイリの例からしても、福島は、まだ始まったばかりだよ。これからまだ放射能の大量放出があるかもしれない。メールから君の疲れ切った様子が窺えるが、食品安全委員会で緊急声明が受け入れられなかったといって、意気消沈している場合ではないよ。是非頑張ってほしい。

これから子どもの甲状腺被曝なども問題になってくると思う。甲状腺は検査すればするほど異常が発見されることは、君もよく知っているだろう。チェルノブイリ原発事故でも、未《いま》だにマスメディアで取り上げられている。

今後の健闘を期待する。

フレミング――

そうだ。福島は、まだ始まったばかりなんだ。この半月、食品安全委員会にかかりっきりだったが、その間にも、住民避難や学校のグラウンドの問題をはじめ次から次へと新たな問題が生じていた。力が抜けたなんて言っている場合ではない。

チェルノブイリは、四半世紀経った今でもとても復旧したなどとは言えない。俺が生きているうちに、福島が事故から完全復旧した姿を目にすることはないだろう。それでも、これからずっと取り組んでいかなければならない課題なのだ。

大志田は、フレミングのメールに目を覚まされる思いがした。

2

四月四日、月曜日――

放射線研究室の新年度最初の室内会議を行った。

「知ってのとおり、私はこれから一年間サバティカル研修に入ります。その間、末永さんが研究室を切り盛りするから、よろしくね」

「大任を果たせるかどうかわかりませんが、よろしくお願いします」

室長代理の末永が軽く頭を下げた。

「ところで、放射能分析はいつまで続けようか？」

大志田は皆に問いかけた。

三月十五日に始めた放射能分析は、このところ検出限界未満が続いていた。

「あと一週間くらいやってみて、検出限界未満が続くようなら、ひとまず終了していいんじゃないかな。もちろん今後、新たな放出でもあれば別だけど」

皆、ホッとした様子だ。ずっと休み返上でやってきたから無理もない。

「その代わり……」

にこやかな顔が引き締まった。

「今、我々が為《な》すべきは情報発信だと思う。放射線について、いろんな情報が飛び交っているよね。なかには放射線の危険性を煽るだけの酷いものもある。素人がそういったデマに惑わされないよう、我々がしっかりとした情報を発信する。測定値を公表するだけではなく、一般の人の抱く疑問にも積極的に答えていこう」

放射線の専門家として今やらなければならないのは、放射線に対する間違った理解や不合理な恐怖を取り除くことだ。

産技研の放射線Q＆Aコーナーでは、放射線の単位や計測のことは詳しく載せているが、放射線被曝など人々が今一番知りたいと思っていることにはあまり触れていない。

「ウチのQ＆Aコーナーは今こうなっているんだよ」

大志田は、あらかじめ用意しておいた放射線研究室の業務紹介のプリントアウトを配った。放射線の基本である放射能と放射線量の違いを説明するものだ。

――ベクレルは線源の放射能の強さを表す単位で、一秒間に原子核が壊変する数を表します。一方、グレイは、放射線を受けた物質が一キログラムあたりどれだけのエネルギーを吸収したかを表す単位として用いられています。シーベルトは、受けた放射線の量から人体への影響を考慮した安全管理の指標として用いられています。ベクレルからシーベルトへの変換は、放射能の核種がわかっていれば、一センチメートル線量当量率定数あるいは実効線量率定数を用いて変換することができます。――

「間違いはないんだが、これだとベクレルとシーベルトの関係とか、まるでわからないよね」

「そうですね、素人にはちょっと……」

末永が頷いた。

「一センチメートル線量当量と実効線量は、詳しく説明する必要があるよ」

外部からエックス線やガンマ線を浴びた場合、被曝線量がもっとも高くなるのは、人体表面ではなく、体内に一センチ程度入った場所だ。一センチの深さの被曝線量を評価の基準とすれば、実効線量より高い値となり、安全サイドに立った被曝管理を行うことができる。ポケット線量計や放射線管理用のサーベイメーターは、この量を表示するものだ。

実効線量は理論上の概念で、実際の測定は難しい。身体の組織、臓器ごとに被曝線量を評価し、それらに生物的効果比を掛け合わせた値を足し合わせるというプロセスを経てやっと算出されるものだ。

「それと最近、何十万ベクレルの放射能が検出されました、といったニュースがよく流れるよね。数字が大き過ぎると思わないかい？」

大志田は震災以降、気になって仕方なかった。

「ええ、よくありますね」と橋。

「こんな大きな数値を聞けば誰だって不安になるよ」

大志田は、いつも思う。いくら正確な値だからといって、ベクレル数を、そのまま伝えることに、どれだけ意味があるのだろうか。普通の人は、何十万ベクレルとか何百万ベクレルとか聞けば、とてつもなく強い放射線を浴びるのでは、と恐れ慄《おのの》くだろう。むしろ一般への理解促進のためには、キュリーのほうが望ましいのではないか。

キュリーは、その名のとおりキュリー夫妻の功績を讃《たた》えてつくられた単位だ。一キュリーはもともと、ラジウム一グラム分の放射線を放出する放射性物質の量として定義されていたので、一キュリー＝三七〇億ベクレルという中途半端な換算率になる。

世界標準の国際単位系（SI《エスアイ》単位系）に切り換えた結果、放射能の究極の単位ともいうべき、一秒間に一回原子が崩壊する量を意味するベクレルに置き換えられた。科学者には、正確な値が重要だが、一般には、より適切な言い方があるはずだ。

通常の実験室レベルでは、放射性物質を一キュリーも扱うということは稀《まれ》で、ミリキュリーや、その千分の一のマイクロキュリーがよく使用される。ミリやマイクロなら通常より何桁も小さい値を指すことは容易に理解できるだろう。同じ放射能量を表すのに、一〇マイクロキュリーと三七万ベクレルでは、受ける側の印象は随分違ったものになる。一般の人にとって、この差は大きい。

「それからよくあるのは、放射線のリスク係数に被曝者数を掛けて、放射線による癌の死亡者数だといって大きい数字を出すヤツ。反対派が、この論法を使って恐怖心を煽るだろ」

「そうですね。リスク係数がどんなに小さくても、それに掛け合わせる人数が増えれば、放射線による死者は、いくらでも増える計算になりますからね」

末永が答えた。

人口一〇〇万人の集団が年間一〇ミリシーベルト被曝したと仮定すると、集団の被曝線量は計算上、一万シーベルトになる。ICRPの考え方によれば、一万×〇・〇五の五〇〇人が放射線被曝による癌の死亡者数ということになる。こんなに大勢の者が放射線被曝によって死亡する、と反対派はよく主張する。

閾値がなく直線的な関係が成り立つというLNT仮説を曲解する輩は非常に多い。科学的に未解明な部分があるとしてICRPが安全側の仮説を立てているのに、逆に揚げ足を取る。ICRPは、最新の科学的知見をもってしてもわからない点については、おそらく過剰だろうが、安全サイドに立った姿勢を貫くとしている。しかし現実には、それが逆効果を招いているのだ。

「なぜ、こういう計算は駄目なのか、きちんと説明できるかい？」

大志田が問うと、皆顔を見合わせた。

「末永さん、どう？」

「ICRPのLNT仮説をそのまま使えば、人口と平均被曝線量を掛け算して、放射線が原因でこれだけの人が死に至るという理屈にはなりますけど……」

「しかしICRPは、勧告文の中にそういう掛け算はすべきではないと明示しているよね」

皆、押し黙った。

「あのー、集団線量は、放射線研究室の所掌を超えるテーマじゃありませんか？」

末永が遠慮がちに口にした。

「所掌がどうかなんてことより、いま肝心なのは正しい情報発信だよ」

「でも、放射線の人体に与える影響なら放射線医学研究所などしかるべき専門機関があります。ウチのホームページからリンクもはっていますし、そちらを見るほうが間違いないのでは？」

普段おとなしい末永が引かない。

放射線医学研究所は、文部科学省傘下の独立行政法人で、放射線の医学利用と放射線の安全分野の研究機関だ。

「放射線医学研究所のホームページを見てごらん。このあいだ確認したけどね、やっぱりわかりにくいよ。自分の守備範囲に徹するという考え方もあるが、今は、そういうときではないと思う。我々にできることは積極的にやっていかないとね。正確さだけでなく、わかりやすさを心掛けてね」

皆、神妙な顔をしていた。

「まあ、その辺は当面、私が引き受けるけどね」と大志田は付け加えた。

3

四月七日、木曜日――

新宿《しんじゅく》駅から特急「スーパーあずさ」に乗った。

大志田は、食品安全委員会から解放され、一段落ついた気持ちがしていた。

車窓を過ぎ行く景色を眺めていると、『風評被害に負けるな！　福島・茨城の農家を応援しよう！』と掲げられた横断幕が見えた。

福島県や茨城県など被災地に近い地域の農作物に対しては、買い控えが広がっていた。関東近県の知事らは厚生労働、農林水産、国土交通の各大臣に対して、早急な補償や風評被害対策の充実を求める緊急要望書を提出した。生産者が自ら進んで軽トラ市を開催したとのニュースも出ていた。

八王子《はちおうじ》あたりから、車窓の風景が変わった。

大志田は、これから訪れる彦坂のことを思い出していた。

彦坂は、定年まであと三年を残して早期退職し、故郷の山梨に戻ってしまった。私大の教授ポストや政府の審議会委員、原子力関係の協会の顧問など全部断った。

平成五年、T大学のグラウンドで放射能汚染が見つかり、問題となった。汚染の程度は軽微なものだったが、放射線安全のトップとしてマスコミから厳しく責任を追及された。

彦坂が、もし定年までT大学教授を続け、その後も活躍していれば、自分の人生も大きく違ったものになっていたに違いない。マスコミの偏向《へんこう》報道に憤りを覚えた。

退職するときに彦坂が語った言葉を覚えている。

——原子力には今、アゲンストの風（逆風）が吹いている。原発の安全管理の不備がきっかけだ。このようなときに、グラウンド汚染という自らの不祥事で原子力不信を増大させてしまったことに対し、責任を痛感している。しかし将来、原子力は必ず見直される。地球温暖化問題はますます深刻化する。世間が原子力に頼らざるを得ないことがわかるときが必ずくる。そのことを忘れずに、今後とも頑張ってもらいたい。——

小淵沢《こぶちざわ》駅で列車を降りた。南アルプスに向かって、暫く下り坂が続いた。前日に電話した際に聞いた小学校はすぐに見つかった。その裏手に彦坂の家がある。まだ春休みなのか子ども達の姿はなかった。

玄関先のチャイムを押した。

まもなくガラス戸が開いて彦坂が現れた。二年前にOB会で会ったときとはまるで別人だった。

「忙しいのに、よく来てくれたね」

「先生、お元気そうで」

そうは言ったものの、昔の偉丈夫《いじょうぶ》な身体はすっかり痩《や》せ細っていた。

「そうでもないんだよ。もう歳《とし》でね」と力なく言った顔には深い皺《しわ》が刻まれていた。

居間でソファに腰かけ、向かい合った。

夫人は町内会の会合に出ているという。

「済まないが、このポットのお湯で」と言いながら、彦坂が腰を浮かせるようにしてポットに手を伸ばした。

「先生、私がやりますから」

大志田は中腰になって、急須《きゅうす》にポットのお湯を入れ、二人分の湯呑《ゆの》みにお茶を注いだ。

「お電話でお話したとおり、ＩＣＲＰの緊急声明は、食品安全委員会では受け入れられませんでした」

「残念だったね」

「私の力が及びませんでした。申し訳ありません」

大志田は項垂れた。

「いやいや、君の責任ではないよ。こんな大きな事故ではどうしようもないよ」

「ＡＬＡＲＡの必要性を説いたのですが、なかなか理解してもらえません。どうしてもダブルスタンダードのように受け止められてしまいます」

「ＡＬＡＲＡは難しいよ。観念論だからね」

大志田は、お茶を一口飲んだ。

「ところで、食品安全委員会に猪俣さんがいました」

「猪俣?」と、彦坂は首を傾げた。

「昔、彦坂研にいた猪俣さんです」

彦坂の顔が強張《こわば》った。

「私もびっくりしました。初めは傍聴人かと思いました」

「猪俣君が？」

彦坂の眼差《まなざ》しに力が蘇ってきた。

「民生党になって審議会も随分変わりました。原子力にあからさまに反対する者もメンバーに入っているんです。猪俣さんは正式な委員ではなく参考人でしたが」

「で、猪俣君は何か発言したのかね」

「ええ、バイスタンダー効果を盛んにアピールしていました」

「バイスタンダー効果？」と彦坂は首を傾げながら、

「放射線に直接当たらないのに細胞が癌化するという説かね」

「そうです。先生がT大学にいらした頃は、まだ注目されていなかったかもしれません。でも、今では一部に熱烈な支持者がいて、反原子力の理論的な拠り所になっています」

彦坂は、湯呑みのお茶を一口すすった。

「猪俣さんはT大学を去ったあと、H大学に行ったそうです。長い間助手で、数年前にやっと准教授になったと言っていました」

大志田は、猪俣の委員会での様子や、最終日に二人で呑んだことを話した。

彦坂は時々頷きながら、大志田の説明に聞き入っていた。

「……意外だったのは、猪俣さんはＩＣＲＰやＡＬＡＲＡには批判的ですが、原子力そのものを頭から否定しているわけでもなさそうでした」

いつのまにか彦坂の表情は穏やかさを取り戻していた。

「先生、猪俣さんはどうしてあのようになったんですか？」

大志田は、猪俣が反原発に走った理由を彦坂に訊いてみたいと思っていた。このあいだ猪俣と呑んだときも、いま一つ釈然としなかった。

「彦坂研の後継者になれるのではと思っていたが、それが叶《かな》いそうもないことがわかり、将来を悲観して、それで反対運動に走った。そうではありませんか？」

「うーん？　どうだったかな」

彦坂は呟いた。

「私が彦坂研に入った頃、猪俣さんはすでに助手をしていました。休みの日に研究室に顔を出すと、大抵、猪俣さんが実験していました。すごい努力家なんだなと思ったことを覚えています」

「そういうときもあったね」

彦坂は懐かしそうに目を細めた。

「一度、猪俣さんが凄《すご》んで、先生と私を睨みつけたことがあったでしょ」

大志田は思い切って口に出してみた。

「『俺、耳にしたんだよね』とか『まともに俺の顔みられないだろ』とか、思わず顔を背けました。あれは何だったのでしょう？」

彦坂の眉がピクリと動いた。

「彦坂研の助手になるよう、先生は私に何度も勧められました。そのことを、どこかで聞きつけていたということでしょうか。あれから猪俣さんは研究室にまったく顔を出さなくなりました」

「随分、昔のことだからね」

「もし私が助手として残らなかったら、猪俣さんが彦坂研を継《つ》いだんでしょう？」

彦坂は語りたくなさそうだった。

「先生、そろそろ失礼します」

姿勢を正して毅然《きぜん》と言った。

「せっかく来たのに、どうしてそんなに」と彦坂は驚いた様子で、

「家内ももうじき帰るし」

「明後日、またテレビ出演があるんですよ。こうしてお元気な姿を拝見できて、安心しました」

「もう歳だよ」と目を細めて呟く彦坂の声に、力強さは感じられなかった。

「私は今月から一年間長期研修です。産技研にはサバティカルという研修制度があるんですよ。暫くは震災対応で動けませんが、それが一区切りしたらアメリカに行く予定です」

「君も体には十分気をつけて頑張ってくれたまえ」

「先生こそ、お元気で」

大志田は彦坂の家を後にした。

4

四月九日、土曜日――

大志田は、東京・赤坂《あかさか》にあるテレビ関東に入った。

事前に控え室で、司会者と番組進行について打ち合わせした。まずパネルを使って、つくば市の環境放射能レベルを説明し、そのあと司会者が挙手で観覧者から質問を求めることになった。

エキストラを募集していないので、その分、金銭目当てでなく質問が本来目的で来る人が多いのではないかという。万が一混乱したときには、ゲストの大志田は司会者の誘導に従ってくれとのことだった。

スタジオに入ると、カメラや照明が目に飛び込んできた。少し緊張したが、先月一度経験しているので、すぐ落ち着きを取り戻すことができた。

「東日本大震災から一カ月が経とうとしています。これまでの経過を振り返るとともに、今後の見通し、注意点などを中心に専門家のお話を伺っていきたいと思います。三月にも一度ご出演いただきました産業技術研究所の放射線研究室長、大志田先生に再度お越しいただきました……」

司会者の紹介で、大志田はパネルの横に進み出た。

「三月十五日から産技研で放射能分析を始めました。その結果を図に示したのがこれです。赤い帯が実際に採取した試料の放射能、そして青い帯が比較のためのバック・グラウンドです。横軸が放射線のエネルギー、縦軸は放射線の強さ、つまりベクレル数ですね。左上のこのピークが、ヨウ素一三一。中程のこのピークがセシウム一三七です」

「まだ、あまり下がってないようですね」

司会者が言った。

「言い遅れましたが、これは対数表示ですから、一目盛り分で一桁、つまり一〇倍の差になります。ですから、赤帯と青帯では二桁から三桁の違いになります」

スタジオ内がどよめいた。

「次に、こちらをご覧ください。個別の核種ごとの分析値を表にしたものです」

大志田は隣のパネルに移動した。

「ご覧のように、十五日をピークに下がり始め、途中二十日に少し増えていますが、その後、減少しています。三月下旬からほぼ検出限界以下の日が続いていますので、放射能の新たな放出は止まったとみていいでしょう」

「先生、これはあくまで研究所のある茨城県つくば市に降り注ぐ放射能の結果ですね」

「ええ、そうです」

「都内は、どうなんですか？」

「大学などで放射能分析の結果を公表しているところがあると思いますが、産技研ほど組織的にやってはいないかもしれませんね」

「それでは不安ですね」

「でも福島からみれば、都内は、つくばより遠いわけですから、基本的には同じか、あるいは少し低いと考えてよいでしょう」

「それを聞いて安心しました。検出できないレベルにまで下がってきているということですね」

司会者が大志田の説明をうまくリードしてくれた。

「ここで、会場から質問を受けたいと思います」

司会者が質問を促した。最前列に座った中年女性が手を上げた。

「今の説明でもヨウ素やセシウムがありましたが、ストロンチウムはどうなんですか。

骨に溜まりやすくて特に危険だと聞いたことがあります」

（ストロンチウムか！）

訊かれたくない質問だった。産技研では、ストロンチウムの分析はやっていない。また、ストロンチウムは説明し出すと、話が長くなる。

体内に取り込まれた放射性物質が、代謝によって体外に排出され、放射能が半分になる期間を「生物学的半減期」と呼ぶ。ストロンチウム九〇の場合、それが五〇年と非常に長い。ストロンチウムはカルシウムに似て、骨に溜まる性質があるからだ。骨髄など放射線の感受性が高い組織が長期間被曝し続けることにより、白血病などの原因になると考えられている。

大志田は、どう説明しようか迷った。

「そうですね、ちょっと長くなりますが……」

まず、ストロンチウム九〇がベータ核種であることを説明した。

ヨウ素やセシウムなど、ほとんどの放射性物質はガンマ線を放出する核種だ。ガンマ線は物質ごとに固有のエネルギーを持っているので、そのエネルギースペクトルを測定することで、核種を特定できる。

しかし、ストロンチウム九〇はベータ線を放出する核種だ。ベータ線は固有のエネルギーを持たない。そこで、まず放射性ストロンチウムを抽出し、そのうえでベータ線を測定する。そのため煩雑《はんざつ》な操作が必要となり、迅速な測定ができないのだ。

「野菜の放射能でも、ヨウ素やセシウムはいつも出てきますが、ストロンチウムは出てきません」

「無視してるわけではありません……。実はセシウムと一緒に評価されているんですよ」

セシウム一三七と一三四のほかに、セシウムに随伴《ずいはん》するストロンチウム九〇を加えた放射能を算出する際に、セシウム一三七とストロンチウム九〇の放射能比を過去の実例から一〇対一と仮定するのだ。

「なぜ、そんな回りくどいことをするのですか?」

「分析に時間がかかるからです。ヨウ素やセシウムは比較的短時間で分析できますが、ストロンチウムの分析結果を待つと、すぐには結果が得られないのです。それよりも、過去の実測値からセシウム一三七とストロンチウム九〇の比率を想定して、それに基づいて早く分析結果を出すほうがより実践的という考え方です」

観客の反応はなかった。話が難しいので無理もない。ストロンチウム九〇について説明し出すと、どうしても言い訳がましくなってしまう。

大志田は説明を続けた。

「原発から放射能が放出されたとしても、ストロンチウムは、それほど飛散することはありません。ストロンチウムの融点《ゆうてん》は八〇〇度近くと高いからです。融点の低いセシウムは、液体状になって遠くまで飛散しますが、ストロンチウムは、固体状態のままですから遠くまでは飛散しないのです」

「融点といっても、ストロンチウムが、どういう化合物になっているかわからないじゃありませんか。単体のストロンチウムならともかく、化学形態がわからなければ、融点が高いからなんて理屈は通用しないのでは？」

若い男が疑問を投げかけた。かなり専門的な指摘だ。

「ストロンチウムのような重金属類は、一般的には化合物になりにくいわけです。チェルノブイリ原発事故では発電所周辺で、確かストロンチウムは、セシウムの一〇分の一未満だったと記憶しています」

大志田は、かつて文献を読んだときの記憶を手掛かりに説明した。

「難しい話が多くて、ちょっとはっきりしない気もしますが、質問なさった方、よろしいですか？」

司会者が質問した中年女性に尋ねた。

「よくわかりません」と女性はにべもなかった。

「時間はかかっても、きちんと測定したほうが確かじゃないでしょうか？」

「そのとおり！」と誰かが叫んだ。

「そうですね。私もそう思います」と司会者が応じた。

「皆さん放射線が不安でならないのに、時間がかかるとか、少ないから大丈夫とか、他と一緒に評価してるとか、これじゃ、納得できませんよね。ここは専門家の皆さんに頑張ってもらわないと」

大きな拍手が沸《わ》き起こった。ストロンチウムに対する疑問は、これまで自分でも感じていた。原発事故で放出されることがわかっているのに、分析に時間がかかるから測定しない、他の核種の分析値から推測できるので大丈夫だという理屈は、素人に対して説得力に乏しい。

「ところで先生、いま福島では校庭で子どもを遊ばせていいか大きな問題になっていますね。どうお考えですか？」

司会者が質問した。

「福島市内の放射線の観測データは、皆さん新聞などでよく御存じと思います」

客席の何人かは頷いた。

「東京都内と比べるとまだ高いですね。それでも、この一カ月間で一〇分の一くらいまで下がってきています。まったく心配いりません」

「これからの季節、子どもは外で遊んで泥んこになったりもします。そういう点で大人とは違うと思いますが、本当に大丈夫ですか？」

若い女性が疑問を投げかけた。

「育ち盛りの子どもは、やはり戸外で遊ばせるべきです。屋内で過ごすことで運動不足に陥るリスクをもっと深刻に捉えるべきです」

「先生は、お子さんがいるかどうか知りませんが、被曝するとわかっているのに、心配ないから外で遊んでおいで、と子どもに言えますか？」

先ほどストロンチウムの質問をした中年女性が言った。

大志田は気を引き締めた。被害者然としてこういう言い方をする人には気をつけないといけない。対応を誤ると話が拗《こじ》れる。相手の主張に丁寧に耳を傾ける姿勢は大切だが、かといって安易に相手の主張に迎合《げいごう》するのも良くない。ここは心を鬼にしてでも自分の主張を曲げてはならない。

「ちょっと待ってください。私も小学生の子どもがいますが、私ならもし福島に住んでいたとしても外で遊ばせますよ」

大志田は毅然として言い切った。

「先生、じゃあ自分の子を福島に連れて行って、ここで思い切り走ってごらんとやってみたらどうですか」

中年女性はしつこく迫ってきた。

大志田は咄嗟に妹の珠美ことを思いついた。

「私は、妹が福島に住んでいます。福島市内です。周りには親せきや知人を頼りに引っ越す人が大勢いるそうです。妹には小学生の女の子がいます。このあいだ、心配だから預かってくれないかと言ってきました。私は、つくば市に住んでいますが、福島市ならまったく心配ないレベルだからと、思い留まらせました」

「妹さんは納得されたんですか」

司会者が合いの手を入れた。

「多少強引でしたが、最後はわかってくれました」

スタジオ内は静まり返った。

「いま私が心配するのは、住民避難や学校の運動場での被曝です。『心配する』と言いましたのは、被曝することが心配なのではありません。逆です」

訝しげな眼差しが一斉に大志田に注がれた。

「被曝を恐れるあまり、それを避けようとして逆に大きな犠牲を払うことが心配なのです。それがリスクになるのです。避難生活から受ける精神的、肉体的負担には甚大なものがあります。避難するにしても、もっと計画的に見通しを示しながらやらないといけない。着の身着のままで家を出てきた老人が寒そうにしているじゃありませんか。そのストレスたるや、この程度の放射線のリスクとは比べものになりません。命に関わります」

スタジオ内がどよめいた。

「今まで放射線は危ないと言ってきたのに、『被曝が心配なのではありません。逆です』と言われたら、混乱しますよねー、皆さん」

司会者の発言に大きな拍手が沸いた。

スタジオの後方で、番組スタッフが慌ただしく動き出した。

（放送カットかもしれない）

司会者が大志田に歩み寄った。

「大志田先生、混乱したのでカットになりました。悪しからずご了承ください」

司会者が客席に向かって言った。

「放送カットになりましたが、ただいまの話の続きをやりましょうか」

大きな拍手が沸いた。

大志田は先ほど言おうと思ったことを、改めて口にした。

「私は、放射線が危なくないとは一言も言っていません。放射線は、低いほうがいいのは当然です。ただ、今のような緊急時に、単に放射線被曝を避けんがために、他の点で多大な犠牲を払っていることが良くないのです。放射線によるリスクを減らしたとしても、他のリスクが増えてしまっては元も子もありません。全体としてリスクが上がるような愚《ぐ》は避けなければいけません。一部の専門家が放射線の恐怖を煽り、マスコミがそれに飛びつき、国民に恐怖を植え付ける。これだけ毎日、放射線の危険性を煽られると、皆、恐怖におののき、被曝を避けることだけに気持ちが向いてしまいます。放射線と聞くと、他のことがまるで目に入らなくなる。バランスを著しく欠いています」

「私どもマスコミも煽っているわけじゃありませんよ。いろいろな意見があって、正直、何が正しいのかわからない。ですから、いろいろな意見をお持ちの専門家をお招きして伝えてるんですよ。大志田先生の今日の発言は他の先生の意見と随分違いますが、本当にそのまま受け取っていいんですか？」

「もちろんですよ。私は嘘など言っていません！」

「でも、その証拠は？」

「……それは、ＩＣＲＰの専門家の総意ですよ」

「そら、やっぱりＩＣＲＰでしょ！　先生のお考えじゃないんでしょう。ＩＣＲＰが言ってるから正しいはずだということですか？」

ＩＣＲＰの考え方を代弁しているだけじゃないかと言われると、大志田としても苦しい。割り切れない部分があっても、ＩＣＲＰは、こう言っていると自分に言い聞かせてきたのではないか？　ＩＣＲＰの解釈を伝えてきただけではないか？　大志田は自問自答を繰り返していた。

そう考え出すと、自信が揺らいできた。ＩＣＲＰは、あらゆる面で安全に十分配慮していると思ってきたし、実際に、そう口にもしてきた。しかし、そうとも言い切れない事実に遭遇することもある。子どもの甲状腺被曝もそうだ。ＩＣＲＰは、年齢の違いからくるリスクの差も十分に考慮に入れているはずだが、子どもの甲状腺の癌患者は多いような気がする。食品安全委員会でチェルノブイリの子どもの惨状を訴えていた臨床医師の姿が、また浮かんできた。

5

四月十一日、月曜日――

一週間ぶりに研究室に顔を出すと、服部《はっとり》企画部長から朝一番で電話があった、とアルバイトの女性から知らされた。部長室に来てほしいとのことだ。企画部長は四月一日付で異動になったはずだが、大志田に思い当たる用件はなかった。電話の印象では差し迫った感じだったという。

企画部長室に急いだ。部屋に近づくと、開いたドアからキーボードを勢いよく打つ音が聞こえてきた。ドアを強めにノックすると、「どうぞ」と中からよく通る高い声がした。

「大志田です」と名乗りながら、中に入った。

「まあ、座ってよ」

服部企画部長は、執務机でパソコン画面をじっと見つめたまま言った。

初対面にしてはぞんざいな感じに、大志田は嫌な予感がした。ソファに腰かけて暫く待った。

「お待たせ。服部です」と言いながら、産技研のパンフレットを手にした企画部長が真向かいに腰をかけた。レンズが小さく、度の強いメタルフレームが目立った。

「一昨日、テレビ見たけどね、あれはないよ！」

「はぁ？」

いきなり切り出されて、大志田は面食らった。

「テレビ関東ですか？」

「たまたまテレビを見ていたが、この人いったい何を言い出すんだろうと思ったよ。まさかウチの研究所の職員だったとはねー」

服部企画部長は、ため息をつくと、背凭《せもた》れに細身の身体を投げ出した。

「逆ですと言った件ですか?」

「もちろん、そうだよ」

ぶっきらぼうな返答だ。

「少しショッキングな言い方だったとは思いますが……」

大志田は、取り敢《あ》えず、慎重な答え方で応じた。

「このところ放射線について専門家がいろいろ言うよね。時々変なことを言う人がいるとは思っていたが……」

(前任者とは大違いだ!)

「どこが変なんですか。そんなことありませんよ!」

大志田が言い返すと、服部企画部長もむっとした顔つきで上体を起こし身構えた。

「あれじゃ放射線浴びてもいいと言っているようなものだよ」

「そう決めつけられると心外《しんがい》です」

すぐさま言い返した。易々《やすやす》と後には引けない。

「実際、あの番組を見た人はそう思うはずだよ。気をつけないと世間をミスリードするからね」

服部企画部長は、射るような鋭い眼光《がんこう》で大志田を睨みつけてきた。

「放射線被曝を恐れるあまり、別のリスクを背負ってしまうことにも注意してほしい。そういう思いで、敢えて逆説的な言い方をしただけのこと」

「言い方ってものがあるでしょ！」

服部企画部長は、目の前のテーブルを拳《こぶし》で叩くと、そっぽを向いてしまった。

（なんという奴だ！）

大志田は、服部企画部長の横顔を睨み続けた。

服部企画部長は、急に正面に向き直ると、

「それからね、ウチのホームページに妙なことが掲載されているそうだね」

「えぇ？　どういうことですか？」

「放射線計測について、事実を掲載するのなら結構。むしろそれが計測部門の使命だよ。だが、放射線の安全について、君の個人的な見解を主張するのはいただけないね」

服部企画部長は、鼻にかかった声で皮肉っぽい言い方をしてきた。

「個人的？　そんなんじゃありませんよ！　いいですか……」

大志田は、ＩＣＲＰの緊急声明の内容を詳しく説いた。

その間、憮然《ぶぜん》として聞いていた服部企画部長は、

「要するに、ＩＣＲＰという国際委員会があって、そこが出した緊急声明が採用されなかったわけね」

「緊急声明の趣旨がよく理解されなかったんですよ。委員会には、放射線の専門家は多くなく、素人同然の委員もいるわけです。ですから、そもそも十分理解できていない」

「そういう見方は間違っているよ。委員会は食品安全について、さまざまな観点から検討する場だろ。放射線の専門家ばかり集めるわけにはいかないよ。それにね、あなたの任務は放射線計測ですよ」

「もちろん、そうですよ」

大志田はむかついた。新しく異動してきたばかりの人間に、そんな当たり前のことを頭ごなしに言われるのが我慢ならなかった。

「もともと、Ｔ大で放射線の生物影響も研究していましたけどね」

「で、Ｔ大から産技研に移って、計測を専門にしているわけだね。いいかい、産技研の

目的や所掌範囲は、こういうことだよ」

服部企画部長は、脇に置いた産技研のパンフレットを開いた。

産技研は、設置法で独立行政法人としての目的や所掌範囲などが定められている。具体的な研究計画は、各部門に詳細に定められている。

「この緊急事態に、そんな建前論を振りかざして一体何になるんですか」

「いや、未曽有《みぞう》の事態だからこそ、各部署が立場をしっかり弁《わきま》えた対応が必要なんだよ。脇が甘いと徒《いたずら》に混乱するだけ。官邸、経済産業省、東京電力の混乱ぶりをみればわかるだろう。まして今は民生党政権だよ」

レンズの奥の細い眼が光っていた。

「それに、君はサバティカル研修中だそうだね」

「ええ、そうですよ」

「だったら、研究室のマネジメントは代理に委《ゆだ》ねているわけだね」

服部企画部長は鋭い視線で迫ってきた。

(いけ好《す》かない野郎だ！)

今度の企画部長は、独善的で高圧的、官僚の悪い体質に凝《こ》り固まったような奴だ。

大志田は、これから先が思いやられる気がした。

6

四月十三日、水曜日——

福島県内の小中学校や高校では新学期がスタートしていた。県は、四月五日から七日にかけて小中学校や幼稚園など約一六〇〇箇所の校庭の放射線量の測定を実施した、と報じられた。だが、県教育委員会としては、各学校や施設の校庭を使用する判断を下すことはできず、国に安全基準を求める声が日増しに強まっていた。

この日、大志田は文部科学省に出向いていた。昨日、白井からメールが入ったからだ。放射線安全課には、白井のほかにほとんど課員はいなかった。省内に設けられた原子力災害対策支援本部に詰めているという。原子力災害対策支援本部には、省内の原子力関係者が集められていた。

大志田は、応接ソファで白井と向かい合った。

「メールに書きましたが、原子力安全委員会に相談してもなかなか埒《らち》が明かなくて困っているんですよ。当初、福島県教育委員会から……」

白井は、文部科学省と原子力安全委員会の間のやり取りについて語り始めた。

三月三十日、福島県教育委員会から文部科学省に、学校再開の目安となる放射線基準を出してほしいとの要請があった。原子力災害対策支援本部長である傘木副大臣に相談のうえ、官邸に指示を仰いだ。その結果、県内の小中学校などの放射線を早急に測定し、その結果をもって原子力安全委員会の評価を仰ぐことになった。

四月六日、文部科学省は、原子力安全委員会に県内の小中学校などの校庭の空間線量率のモニタリング結果のリストを付けて、学校を再開してよいか助言を求めた。

原子力安全委員会からの回答は、次のとおりだった。

——①福島第一原子力発電所から二〇～三〇キロ圏内は、屋内退避地域となっており、屋外で遊ばせることは好ましくない。

②空間線量率が低くない地域では、被曝の程度を極力低くする観点から十分な検討が

必要。
③現在も事故は収束しているわけではないことから、引き続きモニタリングを継続しつつ、適切な対応を取っていくことが重要。――

この値以下なら安全といえる具体的な空間線量率を示してもらうよう助言を求めたところ、それは文部科学省が判断して原子力安全委員会に示すべきとの回答だった。

「……ということで大志田さんにお越しいただいたわけです。いったい何のための安全委員会なんだか……」

白井は肩を落とした。

大志田は、説明をじっと聞いていて、白井の嘆《なげ》きもわからないではないが、腑《ふ》に落ちない点もあった。

「空間線量率を、幾つに設定するかを原子力安全委員会に尋ねるのは、ちょっと無理がありませんか。それより参考レベルを、幾つに設定すべきかを問うべきでしょう」

「仰るとおり。そうなんですよ」

白井は、よくぞ訊いてくれたと言わんばかりに身を乗り出すと、声を潜《ひそ》めて、

「実はですね、省内では文科省が自ら判断するのを避けるべきだとする意見が根強いんですよ。参考レベルを決めても、そこから空間線量率を計算するまでにはパラメータを幾つも設定する必要がある。その過程で、どうしても異論が出る。それならば、いっそのこと、最終的に必要な空間線量率の値を原子力安全委員会に示してもらったほうがいい。そういう発想なんですよ」

「酷いですね」

重要な決定は相手に押しつけ、責任を回避しようとする姿勢に、大志田は強い憤《いきどお》りを覚えた。

「もちろん、参考レベルの問い合わせもしたんですが、はっきりしないんですよ。個人の意見なのか、原子力安全委員会としての意見なのか。しかも、一度言ったことを取り消したり……」

白井は、ため息をついた。

「食品安全委員会では、原子力安全委員会に相談している様子は見受けられなかったですね」

「食品の場合は、原子力安全委員会が策定した原子力防災指針があるでしょ。それが拠り所になっているんでしょうね」

「あっ、そうですね。そこが違うんですね」

　大志田も納得できた。

　飲食物摂取制限の指標は、原子力安全委員会が昭和五十五年に取りまとめた原子力防災指針の中に定められている。食品安全委員会では、その指標をそのまま適用するか、あるいは修正が必要かについて検討したのだ。しかし校庭の場合は、どのレベルまでの汚染であれば利用して差しつかえないかを示す指針の類《たぐい》はなかった。

「まあ、そういうことで、ウチで校庭の利用基準の具体的な数値を出して、原子力安全委員会の確認を得ることになりました」

　白井は一息つくと、大志田の眼をじっと見つめながら、

「まず、ＡＬＡＲＡに基づき参考レベルを定める。次に、児童・生徒の標準的な生活パターンを設定し、被曝線量を求める。その結果から逆算して、このレベルなら心配ないとする空間線量率を弾き出す。そうですね？」

　大志田は頷いた。

「ポイントは参考レベルを何ミリシーベルトに設定するか」

「ええ」

白井は原子力に詳しいし、ＡＬＡＲＡについてもよく理解しているので、話がスムーズに進む。

「二〇ミリでしょ」

大志田の頭にある数値と同じだった。

「それしかないでしょう。ただ、二〇ミリシーベルトの意味ですが……」

大志田がそう答えると、白井は眉根を寄せた。

「二〇ミリは、二〇～一〇〇ミリの下限の二〇ミリですか？　それとも一～二〇ミリの上限の二〇ミリですか？」

「それは……」

白井は口籠った。

ＡＬＡＲＡでは、非常時を緊急事態期と事故収束後の復旧期に分けて、防護対策を取ることとしている。緊急事態期には、事故による被曝線量が二〇～一〇〇ミリシーベルトを超えないように、復旧期には年間一～二〇ミリシーベルトを超えないようにするとしている。

「要は原発の現状をどう捉えるかです。つまり福島第一原子力発電所は今、緊急事態期にあるのか、それとも復旧期にあるのか。言い換えれば、事故は収束したのかしていないのか。そこが肝心です」

大志田は続けた。

「被曝線量だけから見れば、復旧期にあるといえるでしょう。私の研究室で行っている環境放射能のモニタリング調査では、三月十五日をピークに減少に転じています。ということは、つくば市においては、放出された放射能の大半は三月十四日の三号機の爆発によるもので、他の原子炉からの放出分は、三号機に比べて少ないとみてよいでしょう。しかし、原子炉がコントロールされているかとなると、誰も明言できない」

この日、原子力安全・保安院は、福島第一原発の事故評価を、それまでのレベル五(広範《こうはん》な影響を伴う事故)からレベル七(深刻な事故)に引き上げると発表した。これは、国際原子力機関などが策定した指標で、原子力事故の重篤度に応じてレベル〇から七までに分類される。それまで米国スリーマイル島原発事故と同程度とされていた評価が、チェルノブイリ原発事故と同程度の評価に引き上げられたのだ。

福島第一原子力発電所の状況については、発表された当初よりも状況が悪化していることが後になって判明するといったケースが繰り返されていた。人々の間には、不安や失望感が広がり、政府や東京電力に対する批判が高まっていた。

「二〇～一〇〇ミリなら、一番厳しいレベルを目安にしていることになるが、早く事故を収束しろと迫られる。一～二〇ミリなら、なぜ一番緩いレベルに設定するのかと非難される。いずれにしても、難しい説明を求められますが、ここが判断のしどころですよ」

「二〇～一〇〇ミリでは、とても世間は納得しません。ただでさえ一ミリシーベルトに拘るわけですから。一～二〇ミリという選択肢しかあり得ない。一～二〇ミリの上限の二〇ミリでいきます」

白井は、自らに言い聞かせるように、力強く言い切った。

「わかりました」

「そうすると、あとは生活パターンをどう設定するかですね」

白井は、緊張のほぐれた顔をして、軽やかに言った。

「屋外で八時間、屋内で一六時間といったところですか」

「まあ、そんなところでしょう」

「家屋による放射線の遮蔽率《しゃへいりつ》は、幾つくらいですか？」

「ウチの研究所にデータがたくさんありますから、必要なら仰ってください。コンクリート住宅で〇・一、木造住宅で〇・五といったところでしょう。安全を見込んで、遮蔽効果の低い木造住宅を基準にすることになるでしょうけどね」

参考レベルを決めたあとの議論は、とんとん拍子《びょうし》に進んだ。

7

二日後、大志田は白井課長の依頼で文部科学省に再び出向いた。

「これで副大臣に説明してみます」

白井は、ソファの前のテーブルに資料を置いた。

「ざっと目を通してくれませんか？」

『福島県内の学校や幼稚園、保育園の校庭・園庭等の利用判断における暫定的考え方』と題したA四サイズ三枚の資料だった。冒頭にポイントが記されていた。

――①校庭・園庭では、三・八マイクロシーベルト／時を下回る場合は、平常どおり利用して差し支えない。
②空間線量率が三・八マイクロシーベルト／時を超えた場合には、当面、校庭・園庭での活動を一日当たり一時間程度に控えるとともに、手洗いやうがいなど生活上の留意事項を徹底する。――

「毎時三・八マイクロシーベルトですか。大体予想どおりです。屋外は六時間で計算したんですか?」

「いいえ、八時間にしました。一日一六時間は屋内、八時間は屋外で過ごすとして、年間二〇ミリシーベルトから逆算しました」

「これでいいと思います」

「大志田さんも説明に同行してくれますね」

「文科省の職員じゃなくて大丈夫ですか?」

「参与じゃないですか。それにＩＣＲＰの専門委員でもあるし」

白井と二人で副大臣室に向かった。放射線安全課のある一五階からエレベーターで一一階に降りた。大臣や副大臣、政務官など最高幹部の執務室が居並ぶ階だ。薄暗く長い廊下を進んだ。

傘木副大臣と表札の掛かった部屋に入った。受付の女性秘書に白井が用件を告げると、すぐ副大臣室に案内された。

白井は姿勢を正し、「放射線安全課長の白井でございます」と大きな声で挨拶すると、執務机に歩み寄り深く低頭した。大志田も白井の動きに倣《なら》った。

「グラウンドの放射線問題について、ご説明に上がりました」

「うーん」と言いながら、執務机から立ち上がると、傘木副大臣は応接ソファに歩み寄った。

「こちらは、参与の大志田さんです。産業技術研究所の放射線研究室長をされています」

「大志田でございます」

白井の紹介に合わせ、また低頭した。

「産技研は経産（経済産業）省管轄の独立行政法人ですが、大志田さんはＩＣＲＰの専門委員をしており、放射線防護の分野で我が国を代表する専門家です」

傘木副大臣がソファに腰かけるのに合わせ、白井と大志田もソファに腰を降ろした。

白井は持参した説明資料を差し出した。

傘木副大臣は資料を手に取ると、背凭れにどっかり身体を預け、紙面に集中した。

「資料にもありますように、年二〇ミリシーベルトから逆算して空間線量率三・八マイクロシーベルト／時を目安にしています。これを超えなければ平常どおり、もし超えたならば、当面、校庭にいる時間は、一時間以内に抑えることにしたいと思います」

白井は、傘木副大臣の様子を時々窺いながら説明を続けた。

傘木副大臣は背凭れから上体を起こすと、

「二〇ミリシーベルトで本当に大丈夫かね？」

「ＩＣＲＰのＡＬＡＲＡにありますように、今は緊急事態ですから年二〇ミリシーベルトを目安にすべきです」

「原子力安全委員会とはどうなっている？」

「事務局を通じて意向を確認していますが、明確な回答は得られていません」

「どうしてかね？」

「安全委員会は、空間線量率の低くないところでは慎重に対処すべきというだけで、具体的な基準や目安は何も示さず、文科省側が判断すべきだと主張しています」

白井は、ありのままに答えた。

「ところで放射線の危険性は、本当のところはまだよくわかってないんだろ？」

傘木副大臣は話を変えると、白井の顔をジロリと睨んだ。

「放射線がまったく当たっていなくても、細胞が癌になる例があるんじゃないのかね」

大志田は、バイスタンダー効果のことをいっているのかと思い、首を傾げると白井と目が合った。白井は目顔で大志田に発言を促していた。

「どこでお聞きになりました？」

大志田は丁寧に尋ねた。

「いや、どこというわけじゃないが……」と傘木副大臣は咳払いをして、

「原子力は、私のライフワークだからね。常に最新の動向をフォローしていかないとね」

「確かに放射線の安全性については、いろいろ議論はあります。ただ、一〇〇ミリシーベルトあたりに閾値があり、それ以下では、影響はないだろうというのがコンセンサスになっています」

大志田は身を乗り出していた。

「福島の子ども達は今、気持ちが萎縮《いしゅく》しています。発育途上の子どもにとって、それが一番の問題です」

「子ども達が思い切り遊び回れるような環境を作ってやらないとね。運動場の土を入れ替えるべきではないのかね」

郡山《こおりやま》市や伊達《だて》市は、独自に校庭の表土を数センチ削《けず》り取り、撤去する予定と報じられていた。

「副大臣、まずは工夫して被曝低減を図るべきです。土の入れ替えにすぐ結び付けるのではなく……」

白井が割って入った。

「話が逆じゃないのかなあ。そもそも萎縮などしないよう、放射線を減らすべきで、そのためには土の入れ替えが不可欠ではないのかい？」

「一時間当たり三・八マイクロシーベルトをもし上回ることがあれば、校庭で遊ぶ時間を一時間程度に抑え、暫く様子を見る。もちろん、県と協力してモニタリングを継続します。それから屋外活動の後には、手洗いやうがいを欠かさないよう、砂場の使用も控えるよう促します」

　白井は食い下がった。

「経済的、社会的要因を考慮しつつ、被曝低減を図るのがＩＣＲＰのいうＡＬＡＲＡの精神です」

「ＩＣＲＰの話はすり替えじゃないのか。年一ミリシーベルトという限度が決められているのだから、それを基準にしないと世間は納得しないよ。そのためには、土の入れ替えは避けられないと思うが……」

「無駄な支出です」

　白井が強い口調で言い切った。

「無駄？」

　傘木副大臣は色を成した。眉間に縦皺が寄っている。

「無駄って、君は子どもの被曝線量を抑えるのに反対か？」

「いえ、そうではありません」

「子どもの被曝を抑えるための予算なら、他の教育予算を削ることなく新たに確保できるかもしれない。なんといっても大義名分がある。それが君らのやり方じゃないのか！」

傘木副大臣は声を荒げた。

「副大臣、我々は、そんなケチな根性は持ち合わせていません」

白井も一歩も引かない様子だ。傘木副大臣の顔をじっと見ている。

「緊急時の放射線防護はこうあるべし、という考えのもとに、申し上げているのです」

「君ら、民自党政権時代には電力事業振興のために予算獲りに血道を上げていたのに、住民のためにには必要ないというのかね」

「経産省が電力予算をどう確保していたか知りませんが、土の入れ替えは明らかに無駄な支出。もちろん、当省の予算枠にはとても収まりません」

白井は、傘木副大臣から顔を背けた。

傘木副大臣は、腕組みをして眼を閉じ、口を真一文字に結んだ。

沈黙が続いた。

（こりゃ大変だ）

大志田は、隣に座る白井の脇腹を軽く突いた。

白井は大志田に顔を向けた。表情が強張《こわば》り、眼が充血していた。白井は無言のまま、正面に向き直った。

まもなく女性秘書が、お茶を載せたお盆を持ち運んできた。傘木副大臣のソファに歩み寄ると、そっとサイドテーブルの上に置いた。傘木副大臣は目を開き、湯呑みを手に取った。

「子どもは、大人とは扱いが違うのではないかと問われたら?」

傘木副大臣は、大志田に向かって話しかけると、湯呑みに手を伸ばし、お茶を啜《すす》った。

「放射線の感受性のことでしょうか?」

大志田は丁寧に受け答えした。

想定問答のような質問だった。白井の主張を受け入れる腹を固めたのかもしれない。

「感受性もそうだけど、子どもは大人と違って外で飛び跳ねるわけだからね」

「放射線に対する感受性、それに生活行動、そういう大人と子どもの違いも加味して規制値が決められていますので、ご安心ください」

「体内に取り込まれた放射能で生涯に被曝する線量は、大人より大きくなるのではないのかね」

「預託《よたく》期間といって、放射能が体内に入ってから、被曝する期間を成人は五〇年ですが、子どもは七〇年で計算しています。ですから大丈夫です」

「今や九〇歳、一〇〇歳まで生きる人も珍しくないが、七〇年で大丈夫なのかね」

「うーん、将来的には見直しが必要かもしれません」

大志田は咄嗟に思いつきで答えた。

「じゃあ、あくまで暫定だが、この案で行こう」

傘木副大臣が言うと、白井はソファから勢いよく立ち上がり、

「ありがとうございます」と深々と頭を下げた。


副大臣室を後にして、二人は地階の喫茶室に向かった。

白井は、グラスの水を一気に飲み干すと、ふーと大きく息を吐き出し、

「いや、助かった」

「副大臣が眼を閉じて黙り込んでしまったときは、一体どうなることかと思いましたよ」

「一瞬、更迭という言葉が頭をかすめましたよ」

白井の顔には安堵の色が浮かんでいた。

「ご心労、お察しします」

コーヒーが運ばれてきた。大仕事を終えた気分で、コーヒーがいつになく美味しかった。

「あれだと、本心では納得してないでしょうね」

「でも副大臣の了承が取れた以上、早めに手を打たないとね。官邸や対策本部からまた何を言ってくるかわからないし」

白井は力強く言った。

急いで決済を取って、教育委員会を通じて小中学校に通知を出すという。

「それはそうと、放射線安全シンポジウムですけど、連休前にやろうと思います。早いほうがいいですからね」

白井は、もう次のことを考えていた。

「それからパネラーですが、H大学准教授の猪俣先生に参加してもらう予定です」

「えっ！」

思わぬところで予想外の名前を持ち出されて、大志田はびっくりした。

「どうして、また彼を……」

「知ってるんですか？」

白井は眼を丸くした。

「知ってるも何も、食品安全委員会で一緒でしたよ」

「へえ、副大臣のご指名なんですよ」

「なるほど、そういうことだったんですか……」

副大臣と聞いた瞬間、前から思っていた疑問がひとつ解けた気がした。内閣府から突然、電話がかかってきたと猪俣は言っていたが、食品安全委員会の参考人も傘木副大臣が押し込んだに違いない。さっきのバイスタンダー効果を思わせる発言も猪俣のふれ込みがあったんだろう。

猪俣が参加すると聞いて気持ちがやや重くなった。猪俣とは、放射線の安全に対する考え方に大きな違いがある。ALARAとバイスタンダー効果では話が噛《か》み合わない。先日、一緒に呑んで少しは気心が知れるようになったが、いずれにしてもうまくはいかないだろう。

「副大臣のご指名なので外すわけにはいかないですが、まあ、なんとかやりましょう」

大志田は渋々頷いた。

「それからリスク論の専門家として、筑波研究学園大学の筒井《つつい》教授を考えています」

「リスク論ですか」

「放射線や原子力の専門家だけではなく、少し違った毛色《けいろ》の人を入れないと話が深まらないでしょうから」

「それも、そうですね」

大志田も白井と同じ思いを抱いていた。

「筒井先生は以前、仕事で関係した人ですが、斬新《ざんしん》な発想の持ち主で期待できますよ。もともと化学がご専門ですが、リスク論に転じたそうです」

「するとメンバーは猪俣、リスク論の筒井教授、白井さんと私の四人ですか」

「あとＩＣＲＰ関係者ですね」

「そうでしたね、事務局長のフレミングが引き受けてくれると思います」

「それから原子力の専門用語のリストを通訳に事前に渡すので、私にメールで送ってもらえませんか」

「承知しました」

8

四月十七日、日曜日――

「あゆみちゃんが、ここに疎開してるとは驚いたなー」

話し声が聞こえたのか、ブランコを漕《こ》いでいたあゆみが一瞬振り向いた。

休日の岡崎《おかざき》公園は、若者や家族連れで賑《にぎ》わっていた。堤防沿いの藤棚《ふじだな》には淡い紫色の花が広がっていた。ここ愛知県岡崎市では震災の影響は特に感じられなかった。

「アンタのとこには、やっぱり連絡してなかっただね」

ビニールシートの上に腰を下ろした母が、おにぎりを食べながら言った。

「電話したときの断り方があんまりだって、珠美は怒ってたでね」

「あゆみは寛治と同じ年じゃなかったのか?」

シートの上であぐらをかいた父が訊いた。

地元で高校の国語教師を定年まで勤め、今は夫婦で年金暮らしをしている。

「寛治のほうが学年ひとつ上だよ」

「ちょうどいい遊び相手なんだがな。つくばなら福島から近いし」

「そんなわけにはいかないよ。放射線の心配はいらないって、あちこちで言い回っているんだよ、俺は」

大志田は缶ビールを傾けた。

「アンタ、ちょっと瘦せたね」

母が大志田の顔をまじまじと見つめながら言った。

「疲れとる感じだもん」

「そうかなあ」

幾つになっても母親の目はごまかせない。

「それで、食品の放射能レベルは変わったわけか？」

「今は緊急時だから、基準を緩くしても構わないと国際委員会が緊急勧告を出したんだけどね。結局受け入れられなかった」

「ふーん」

「役所も早くまとめたい一心で、中身は二の次。最初から結論は決まっていたんだよ」

「無理もないよ。役所はとにかくまとめにゃいかんだで」

父親がのんびりした口調で言った。

「普段は、この基準でと言っておいて、事故が起こった後に、実は、その基準にはこれだけの安全が見込んであるから、ここまで緩めても大丈夫っていう理屈……？」

昨晩詳しく説明したALARAの考え方を、父なりに的確に捉えていた。

「ちょっと無理だな、それは」

「わかってもらうためには、いくら一生懸命説得しようとしてもうまくいかんよ。こういうことは理屈じゃないで」

「じゃあ、父さんだったらどうする？」

「相手に説得されたと思わせるようでは駄目だらあな。説得される側が自発的にそう考えるようにうまく導くのが極意だで」

「それができたら苦労しないよ」

「それもそうだな」

二人は声を出して笑った。

「ところで俺、暫くアメリカに行くからね」

「暫くって？」

「今年度いっぱい。サバティカルっていう研修制度があるんで、それを使って」

「ふーん、何の研修をするわけ？」

これまで研修について何も伝えてなかったので、父は怪訝そうな顔をした。

「昔、留学していたアメリカの恩師のもとで、暫く自由にやってみようと思っている」

「給料はどうなるの？」

母が心配顔で訊《き》く。

「ちゃんと出るから心配いらないよ」

「ひとりで行くのか？」

父が訊いた。

「うん、単身。道子とは話がついている。連休明けに出発したいと思っていたけど、震災対応でまだ暫く先になるけどね」

「オマエ、珠美にそう言えばよかったんじゃないのか。海外に行くから、あゆみを引き取るのは難しいって」

「そうだよ。そうせりゃよかったのに」

母も同じ意見だ。

「放射線を恐れる必要なんかまったくないと言いたかっただけだよ」

「オマエもちっとも変わらんだで。なー、かあさん」

「そうだね」

母が笑みを浮かべながら頷いた。

9

四月二十三日、土曜日——

研究交流センターの国際会議場には、放射線安全シンポジウムと題した横断幕が掲げられていた。定員五〇〇名の会議場は、ほぼ埋め尽くされていた。

若者や中年男性が多かったが、後ろのほうには地元の農家と思われる作業服姿の人も見受けられた。

「それでは時間になりましたので、始めさせていただきます」

司会の枝川の声が場内に響き渡った。

続いて、パネリストが紹介された。大志田と猪俣、そして筑波研究学園大学の筒井教授だ。

「三人の先生方から、それぞれ二〇分ずつご講演いただき、休憩を挟んだあと、カナダのフレミング博士にもご参加いただいて討論に移りたいと思います。フレミング博士は、国際放射線防護委員会、ＩＣＲＰの科学書記として長年活躍されている方です」

白井がステージの中央に立った。

冒頭挨拶に続いて、本シンポジウムの開催趣旨を述べた。

「福島第一原子力発電所の事故対応につきましては、住民避難、食品安全、子どもの被曝対策など、それぞれ所管省庁が対応していますが、その際の拠り所となるのは、国際放射線防護委員会、ＩＣＲＰが定める被曝防護基準です。ＩＣＲＰでは、平常時と緊急時に区分して基準を定めています。現在、問題になっているのは、緊急時の被曝にいかに対処するかということです。線量限度が明確に示されている平常時とは違い、緊急時には線量限度と異なる参考レベルとして幅を持たせた数値が示されています。本日は、緊急時の被曝防護対策について皆様方の理解が深まり、福島第一原子力発電所の事故へのより現実的な対応につながることを期待しております」

白井の挨拶が終わると、大志田はステージの脇に置かれた演台に進み出た。演台に置かれたノートパソコンを操作して、説明資料をスクリーンに表示した。

「産技研の大志田です。ご覧のように、『ICRPの基本的考え方とALARA』と題しまして、お話ししたいと思います」

最初にICRPの基本三原則である正当化、最適化及び線量限度について説明し、それからALARAの説明に入った。

「ICRPでは、人が被曝を受ける状況を計画的被曝状況、緊急時被曝状況、現存被曝状況の三つに分類しています。計画的被曝状況というのは平常時のことで、一般公衆の被曝線量を年間一ミリシーベルトに制限することとしています。緊急時被曝状況では、年間二〇～一〇〇ミリシーベルト、その後、汚染された環境で生活が続くような現存被曝状況では、年間一～二〇ミリシーベルトの範囲内を目安として参考レベルを設定して、防護の最適化を図るよう求めています」

前方の席で熱心にメモを取る若者の姿が目に付いた。

「しかし、世間では平常時の限度である一ミリシーベルトに頑《かたく》なまでに拘る人達がいます。状況によって基準が変わることはダブルスタンダードだとして受け入れようとしません。その結果、放射線以外の要因からくるリスクを増やしてしまっている。しかも、そのことに気づいていない……」

会場内は静まり返った。

大志田はさらに続けた。

「ただ、参考レベルは、法令に数値として具体的に規定されているものではありません。法令に馴染《なじ》みにくいことが理由だと思います。ガイドラインとか指針と呼ばれる文書に示されていますが、いずれにしても強制力を持った法令とは異なり、一般にも広く知られていません。また、専門家の間でも。その解釈を巡っては、議論のあるところです。しかし、現在のような事故後の対応には、参考レベルをどう設定するかが肝要なのです……」

最後に、食品安全委員会でＡＬＡＲＡの適用を強く訴えた経緯や現在の率直な思いを述べて、話を締め括った。

「三月下旬、私は国の食品安全委員会に日参していました。食品の放射能濃度の基準値について審議するためです。ちょうどそのとき、ＩＣＲＰから緊急声明が出され、今は、平常時ではなく緊急時の対応に切り替えるよう勧告がなされました。私は、ＡＬＡＲＡの必要性を強く訴えましたが、残念ながら受け入れられませんでした。その後、文部科学省が取りまとめた校庭の利用基準に関する『暫定的考え方』においては、ALARAの考え方が反映されており、溜飲《りゅういん》が下がる思いがしております」

文部科学省は四月十九日、校庭の利用判断に係る『暫定的考え方』を福島県教育委員会に通知していた。

続いて演台に立った猪俣は、細胞やDNAに放射線ビームが当たる様子や被曝線量と癌のリスクの関係を示すグラフなどを使いながら、バイスタンダー効果を説いた。

「……バイスタンダー効果は、米国の研究グループがヒト一番染色体にアルファ粒子《りゅうし》を照射して突き止めました。照射された細胞近くの照射されていない細胞にも被曝の情報が伝わることが明らかになったわけです。ICRPでは細胞の中に標的を想定して、ここに放射線が命中することで細胞が死に至るという考え方を取っています。いわゆる標的理論ですね。この理論は覆《くつがえ》されたわけです」

食品安全委員会のときよりも、ずっと真剣味が感じられた。

「これに対し、修復作用があるから大丈夫だと主張する人がいます。たとえ細胞レベルでバイスタンダー現象が起きても、発癌に至るまでのプロセスのなかでさまざまな防御機構が働くため、癌に結び付くとは限らないというわけです。しかし、確かな証拠に基づいて防御機構が明らかになっているわけではありませんよ。単なる希望的観測かもしれない。間違えないでください」

熱弁を終え、猪俣は一礼して席に戻った。

「ここで会場から是非にと申し出がありましたので、質問をさせていただきます」

猪俣の講演が終わると、司会の枝川が言った。

会場の中程で、年配の小柄な男性がマイクを持って立っていた。

「あの、先生はさっき煙草《たばこ》を吸ってたんだけど、放射線による癌が怖いなら、なぜ煙草をやめないのですか?」

猪俣は口を歪めていた。

「個人の嗜好《しこう》の問題だね、それは」

ぶっきらぼうな猪俣に戻っていた。

「放射線のリスクと煙草のリスクの比較の問題でしょ!」

会場から別の声が上がった。

「癌のリスクが高いのに、なぜ煙草をやめないのか、そういう質問でしょ! アルコールにも発癌性があるよね。でも皆さん酒をやめないじゃない。なぜですか。それが答えです」

「酒も煙草もやらないよ」とヤジが飛び、会場は笑いに包まれた。

最後に、筒井教授が講演した。

「私は、化学物質のリスク評価が専門で、放射線については素人です。その素人の目から見て、このところの放射線被曝の議論について思うところを述べさせていただきます。頓珍漢《とんちんかん》なことを申しましたら、何卒《なにとぞ》ご容赦《ようしゃ》いただきますようお願いします。放射線の世界は、私の専門の化学の分野とは違って、とてもユニークな感じがしております。まず、被曝線量には加算性があります。アルファ線もベータ線もガンマ線も、異なった放射線の被曝でも線質係数を導入して足し上げることができます。被曝部位が異なっても、実効線量の概念を導入して全身のリスクに換算できます。俄か勉強ですが、とても新鮮な印象を受けています」

出だしから、なんだか興味深い話が聞けそうな気がしてきた。

「放射線は厳密に測定できるし、線量とリスクの関係も割り切りとはいえ対応関係ができています。仮に癌になるリスクを放射線と非放射線に二分して考えてみると、放射線分野はものすごく進んでいる感じがします。少なくとも理論上は精緻《せいち》な体系がすでに構築されています。一方、放射線以外の分野はどうでしょう。ダイオキシンやニコチンなど、さまざまな物質に発癌性があります。それらを包括的に捉えてリスクを考えるという試みは、なされていないと思います」

白井が優秀な人だと言っていたことが、大志田はわかる気がした。

「米国環境保護庁では、放射線被曝と化学物質による健康上のリスクを統合するために、共通指標をつくろうとする動きがあるようです。将来的には、ストレスをはじめさまざまな要因を含め、全体としてリスクを把握する方向に向かわざるを得ないでしょう。ですから、ＡＬＡＲＡで合理的に達成できる限り低くといっても、放射線以外のリスクが、どの程度に評価されるのかわからなければ、現実に適用するのは無理だと思います」

放射線と非放射線に大別するという見方に、大志田は新鮮さを感じた。放射線による癌のリスクを減らせても、それ以外の要因で健康上のリスクが増えれば元も子もない。それらプラス要因とマイナス要因全体で評価しなければならない。その際、放射線のリスクは定量化されていても、それ以外のリスクが定量化されていなければ、ＡＬＡＲＡは絵に描いた餅《もち》と言わざるを得ない。

「最後ですが、ＡＬＡＲＡの説明はどう聞いても、緊急時だから普段より基準を緩めようとしか聞こえませんので、なかなか受け入れられないのではないでしょうか。私の知る限り、化学物質の分野にそのような考え方はありません」

三人のパネリストが、それぞれ持論を展開し、休憩に入った。


会場の入り口近くで、猪俣と週刊情報の夏目が立ち話をしていた。

（そうだ。ちょうどいい）

大志田が二人に近づくと、夏目が軽く会釈した。

「このあいだの記事、あれはないよ」と大志田が睨むと、

「えっ？」と夏目は眼を丸くして、

「ＩＣＲＰのことですか？」

「そう、ＡＬＡＲＡが御都合主義だのどうのって」

「多少の誇張はあるかもしれませんが……」

夏目は口籠り気味に呟いた。

「そんなに目くじらを立てるなって」

猪俣が割って入った。

「こうして取材に来てくれたんだしさ」

猪俣は、にやけながら言った。

「週刊誌って、そんなもんだよ。多少の嘘くらい大目に見てやらなきゃ。彼らも商売なんだから」

猪俣が「なあ」と夏目の顔を覗き込むと、夏目は薄く笑った。

「週刊誌の記事にいちいち腹立ててたらもたないよ。大志田君も、もうちょっと柔らかくならなくちゃ」

猪俣が嗤《わら》った。

「とにかく気をつけてよ」

大志田は、そう言い捨てて、その場を去った。


「それでは討論会を始めます」

白井課長の発声で再開した。

「冒頭にご案内しましたとおり、ＩＣＲＰのフレミング博士にカナダから参加してもらっています。フレミング博士、パネラーの皆さんの講演をお聞きになって、どういう印象を持ちましたか、お聞かせください」

「フレミングです。まず、講演者の皆さんそれぞれ、放射線に対する考え方や立場が異なる方と推察しますが、興味深いお話でした。大志田さんから食品安全委員会では緊急声明の内容が受け入れられなかったと聞いていましたが、先ほどの話によると、校庭では年間二〇ミリシーベルトを目安にしているようですね。全体的に見ると、バランスを欠いているように思います。私が今、強く指摘したいのは、ＡＬＡＲＡが十分理解されていないと思われることです」

フレミングは、こう前置きして説明を始めた。

「まず、ＡＬＡＲＡの解釈をおさらいしてみましょう。これがＡＬＡＲＡの定義です」

スクリーンに英文が映し出され、フレミングが一語一語ゆっくり読み上げた。

「All justifiable exposures be kept as low as reasonably achievable, economic, and social considerations being taken into account」

同時通訳を介して、直ちに翻訳された。

「正当化される被曝はすべて、経済的及び社会的な要因を考慮に入れながら、合理的に達成できる限り低く保たれなければならない」

フレミングは、ＡＬＡＲＡが提唱される以前からの放射線防護の理念の移り変わりについて語った。

放射線防護の考え方は、第二次世界大戦後間もなくは「to the lowest possible level（可能な最低レベルまで）」とされていた。その後、「as low as practicable（ＡＬＡＰ：実行可能な限り低く）」、「as low as readily achievable（ＡＬＡＲＡ：容易に達成できる限り低く）」を経て、現在の「as low as reasonably achievable（ＡＬＡＲＡ：合理的に達成できる限り低く）」へと変化してきた。

「放射線だけでなく、他のリスクも含め全体としてリスクを抑えようというのが、今の放射線防護の考え方です。そして、全体としてのリスクを考える際に、経済的、社会的要因を考慮に入れることが肝要です」

「フレミング博士、ＡＬＡＲＡの詳細な説明、ありがとうございました。ＡＬＡＲＡの解釈が今ひとつしっくりいかない方もいらっしゃると思いますが、ここで会場からも質問を受けたいと思います。挙手でお願いします」

白井が言うと、会場から質問が相次いだ。

「これまでずっと一年一ミリシーベルトと言っておきながら、突然一〇〇ミリシーベルトだとか二〇ミリシーベルトまで大丈夫なんて言われたら混乱しますよ」

「癌になる確率は線量に比例するのだから、余程のことがない限り被曝線量を減らそうというのが合理的ではないですか？」

「放射能を減らすためなら、多少の犠牲はやむを得ないのでは？　努力すれば減らせないことはないのだから」

その他、質問が相次いだ。

「フレミング博士、会場からはこのように多くの意見が出ましたが、先ほどの講演内容と併せて、いかがお考えでしょうか」

白井が会場からの意見を踏まえ、フレミングに感想を求めた。

「皆さんのご意見は、放射線のことしか考えていないという点で共通しているようです。多大な犠牲を払ってまで放射線被曝を削減しようとするのは、合理的とはいえません」

フレミングは断言した。

「フレミングさん、大志田です。メールにも書きましたが、ＡＬＡＲＡの理念は理解できますが、具体的にどこまで防護すべきか明確な線引きができません。それができないと、ＡＬＡＲＡは絵に描いた餅です。その点どうお考えですか？」

「個々のケースについて具体的にどこまで防護すべきか、それはＩＣＲＰではなく、皆さんが判断することです」

フレミングの返事は予想どおりだった。しかし、そこにＩＣＲＰの限界があるような気がする。

「バイスタンダー効果について、ＩＣＲＰの考えを聞かせてください」

猪俣が質問した。

「ＤＮＡを直接ヒットしないのに癌化する細胞があることは、ＩＣＲＰとしても認識していますよ。放射線以外の癌要因の幾つかは、ＤＮＡに直接損傷を与えるものではありませんね。バイスタンダー効果が何も特別なものではないのです」

「しかし、ＩＣＲＰのＬＮＴ仮説は、放射線によりＤＮＡが直接損傷を受けるという前提の上に成り立ってるわけでしょ。バイスタンダー効果で標的理論の間違いが明らかになった以上、ＬＮＴ仮説は捨てて新たな考え方を模索すべきじゃないですかね」

「低線量のリスクについては、さまざまな考え方があります。バイスタンダー効果もそのひとつです」

猪俣の質問に真正面からは答えず、はぐらかした感じだった。猪俣もさらには追及しなかった。

「ＬＮＴ仮説の話が出ましたので、一言よろしいですか」

発言のタイミングを見計らっていた様子の筒井教授が挙手しながら言った。

「化学物質の世界でも、摂取量とリスクの関係で閾値を定めることがよくあります。ただ、ＬＮＴ仮説と違って閾値以下は普通、問題にしません。逆にいうと、問題にならないから閾値なのです。ＩＣＲＰは、閾値ゼロという安全サイドに立った仮定をしているということですが、見方によっては、直線閾値なしの仮定が矛盾の原因になっているのではないでしょうか？」

閾値ゼロが矛盾の原因とする主張は鋭い指摘だ、と大志田は思った。

「もしＬＮＴ仮説が安全サイドに立った仮説だとするならば、はっきりと一〇〇ミリシーベルトを閾値と明言すべきではないですか。緊急事態で参考レベルに一〇〇ミリシーベルトとか二〇ミリシーベルトを目安線量とするのは、本当は一〇〇ミリシーベルトで大丈夫との思いがＩＣＲＰにあるからではないですか？」

「ＩＣＲＰ委員の中にもいろいろ考えがありますが、個人的には私もそう思いますよ」

「つまりＩＣＲＰは、一〇〇ミリシーベルトが閾値だと本当は思っているのに、一ミリシーベルトを限度にしていることが、事を複雑にしているのです。だからＡＬＡＲＡは、ダブルスタンダードだと言われてしまうのではないでしょうか？」

「ポイントを突いた指摘ですね。安全側に評価しているからいいんだと、単純に考えるわけにはいかないのは仰るとおりかもしれませんね」

フレミングは余裕を見せた。

「見方を変えると、放射線の世界だけが突出して安全を声高に言い張ることこそ矛盾を大きくしているように思えます。徒に安全を追及するあまり、全体としてリスクが増しているように思います」

ＩＣＲＰやＡＬＡＲＡについて、パネラーが疑問をぶつけ、それらにフレミングが答える形で討論会は進行した。

初めのうちは歯切れの良かったフレミングも、終わり頃は苦しそうだった。

フレミングは最後に、こう締め括った。

「日本は唯一の被爆国であるし、放射線に対する恐怖心が特に強いように感じます。ただ、我々ＩＣＲＰの専門家が危惧《きぐ》するのは、被曝を減らそうとするあまり、他のリスクに目が向いていないのではないかということです。リスクはトータルで考えることが肝心です。目的と手段をはき違えないことが大切です」

最後に白井が挨拶して閉会した。

「本日は、結論を得るといった趣旨の会合ではありませんが、ALARAを中心に率直な意見交換ができたこと、また新たな知見も少なからず得られたと思いますし、今後に活かしていきたいと考えております」


「ALARAはやっぱり難しいですね」

ステージを下りて裏の控え室に入ると、白井が大志田に話しかけてきた。

「そうですね。『合理的』にという言葉の捉え方が人によってまちまちなんだと思います。私は、『常識的に考えて達成できる範囲で低く』といった感じで捉えていますけど……」

「『経済的、社会的要因を含め合理的に達成できる限り低く』って、そもそも長過ぎますね」

「そうですよね」

大志田は苦笑した。

「長い修飾語が頭に付くと、どうしても修飾される言葉との結び付きが弱まってしまう。逆に直前の修飾語、この場合だと、低くの直前にある『できる限り』がやけに際《きわ》立ってしまう」

「ICRPも、そんな言葉遊びじゃなく、もっとはっきり示すべきだよ」

猪俣が割って入った。

「最初から原子力ありきで、どう反対派を納得させるか腐心《ふしん》してきた結果がフレミング氏のあの説明なんだよ。ALARAは、科学的知見じゃなくて政治的な妥協の産物なんだよ」

同時通訳ブースから二人の通訳が出てきた。すっかり疲れた様子だ。

「いや、ご苦労さまでした。今日の会議は専門的過ぎましたか？」

白井は気遣った。

「途中でALAPとか、いろいろな用語が出てきたときには、面食らいましたよ」

男性の通訳が言った。

「『合理的に達成できる限り低く』という定訳は日本語としてわかりにくい気がしますね」

「私ども通訳は、定訳があればそれを尊重します。私も違和感はありましたけど『合理的に達成できる限り低く』と同じ表現を繰り返し使いました」

女性通訳も同じ意見だ。

（なるほど）

「合理的に達成できる限り低く」という翻訳調の日本語が、そもそもの誤解のもとなのだ。大志田は、目から鱗《うろこ》が落ちるような気がしていた

10

シンポジウム終了後、大志田は、白井、猪俣そして夏目の三人を誘ってつくばセンター駅近くの高層ビルに向かった。最上階の和風レストランに入った。まだ日没には間があり、筑波連山が青空にくっきりと浮かび上がっていた。

「おかげで今日は盛況でしたね。ありがとうございました」

白井の挨拶に続いて、皆、ジョッキを掲げ乾杯した。

「田舎者には刺激的な一日だったよ。同時通訳付きの国際会議なんてやったことがない。それにこの景色は、まるで外国だね。つくばはやはり違う」

猪俣は、ご機嫌だった。

「今日は勉強になりましたね」

右隣の白井が大志田に声をかけた。

「そうですね」

「ところで、十九日に出した『暫定的考え方』ですが、地元で反対意見が強いようですね」

「そうみたいですね。私は福島に妹が住んでいるんですが、このあいだ愛知県の実家に帰省したら、妹の娘が疎開していてびっくりしましたよ」

「へえー、福島のどちらですか?」

「福島市内なんです。妹から相談の電話があったときに全然心配ないからと言ったんですけどね」

刺身の盛り合わせが運ばれてきた。

「猪俣さん、この間、彦坂先生に会ってきましたよ」

大志田が真向いの猪俣に話しかけると、猪俣は真剣な眼差しを向け、

「山梨まで行ったの？」

「ええ、日帰りで小淵沢まで。大分痩せていましたね」

「どこか悪いの？」

猪俣は上体をせり出して囁いた。

「はっきりとは言わなかったんですが、前回のOB会で会ったときとは別人のようでした」

猪俣は「ふーん」と小声で呟きながら、視線を窓の外に向けた。

大志田は鯛《たい》の刺身に手をつけた。

「猪俣さん」と声をかけると、猪俣は正面に向き直った。

「食品安全委員会で猪俣さんに会ったと言ったら、先生は驚いていましたよ」

「ふん、そりゃそうだろう。俺なんかが国の委員会に出ると聞きゃ誰でも耳を疑うよ」

普段の悪ぶった猪俣に戻っていた。

「で、なんか言ってたの？」

「H大学の准教授でバイスタンダー効果の研究に余念がないようです、とありのまま伝

えました」

「先輩をおちょくるなよ」

猪俣は笑顔で応じた。

「彦坂先生が今も活躍されていたらどうだったでしょうね」

白井が大志田に話しかけてきた。

「ALARAは先生の持論でしたからね。線量限度の数値にばかり目が向くが、放射線防護の根本精神が大事なんだよ、といつも仰っていました。T大問題で足元をすくわれるとは、本当に惜しいことをしました」

「先生もさぞや悔しい思いをなされたでしょう。T大問題で当局から指摘されたのは、記帳漏れが大半だったんですよ。言い方は悪いが、重箱の隅をつついた軽微なもの」

大志田が言うと、「まあ、そうですね」と白井は受け流した。

「法律違反事例が何十件とか何百件とかと聞けば、何かとんでもないことでもしでかしたと世間では思われるでしょ。でも、実際はまったく違う。規則で定められた記載項目のうち、例えば、測定者の氏名が漏れていたとか、測定日時、場所が記載されていなかったとかいうものを、一つひとつ数えていくとすぐ何十件にもなる」

「それでも責任を問われたんですか？」

それまで神妙な顔をして聞いていた夏目が質問した。

大志田も未だに腹が立つ。自分が直接しでかしたわけではなく、たまたま事件発覚時に居合わせたがために、責任を取らされた。

「あれだけ世間に注目されると、当局としても、法令に照らして厳密にやらなきゃならないからね。仕方なかったんだよ。規則が細かいしね」

白井が規制当局の苦しい胸の内を口にした。

日本の原子力規制は、外国ならマニュアルやガイドラインに記載されている技術的事項が法律の下に府省令や告示に明記されている。したがって、それに抵触すると、自動的に上部規定である法律に違反したことになる。内容によっては罰則までかかってくる。

「放射線の日常管理は主任者代理の私の役割だったので、先生には申し訳ないことをした気持ちでいっぱいです」

大志田は、そう言うと、飲みかけのビールを一気に喉に流し込んだ。

「大志田先生、一杯いかがですか」

斜《なな》め向かいの夏目が、腕を伸ばして冷酒の瓶《びん》を差し出した。

手元のグラスを取って夏目の酌《しゃく》を受けた。

「彦坂先生は、T大学を辞めたあと仕事に就かなかったのですか?」

「就かなかったよ。普通ならT大学を辞めれば、そのあと私大教授とか原子力関係の協会役員になる。やはりグラウンドの汚染問題が影響したんだよ。マスコミはスクープだと大々的に報道する。他社も追随《ついずい》して、話がエスカレートする。最後は責任の所在問題。放射線管理の最高責任者だった彦坂先生が人身御供《ひとみごくう》にされたんだよ」

「どうして発覚したのですか?」

「どうしてって、グラウンドに汚染箇所があることは放射線関係者なら大概知っていたんだよ。俺も放射線管理に関わるようになって間もなく知ったんだ」

　大志田は冷酒を口にした。

「そうですよね、猪俣さん」

　外の景色を眺めていた猪俣に話しかけた。猪俣は、正面に向き直って、

「うーん、何が?」

「T大学のグラウンド汚染、放射線関係者なら大体知ってましたよね」

「さあ?　どうかな」

猪俣は曖昧な返事をすると、「ちょっとトイレに」と席を外した。

「それでも長年放置されてきたわけですね。なぜ早く処分しなかったのですか？」

「なぜって、汚染が表沙汰《おもてざた》になれば、管理責任を追及されるだろ。危険なレベルではないので、何もしなくても安全上の問題はない。昭和三十年頃に比べれば、その当時放射能はすでに半減していたはずだ。部外者に発覚さえしなければ、なんの問題もない。つつけば藪蛇《やぶへび》になりかねないことは誰でも避けるよ」

「なるほど」

夏目がしきりと頷く。

「それをやらなかったからといって、不作為の責任を取らされるとしたらたまったもんじゃないよ。少なくとも彦坂先生に職を辞すほどの責任はない。悪いのは廃棄した当時の関係者だ。危険物だと認識していたにもかかわらず捨てたんだからね。どこまで悪意があったかは、わからないが……」

「なにせ放射線障害防止法が制定される前のことだから、誰の責任でもないですよ」

白井が言った。

日本に原子力基本法が制定されたのが昭和三十年。それを受けて、放射線障害防止法が制定されたのが昭和三十二年だ。昭和二十年代には、まだ法律に基づく本格的な規制が行われていなかった。

「大袈裟《おおげさ》に報道して、やたらと責任論を吹聴した君たちマスコミの責任なんだよ」

大志田が夏目に向かって語気を強めると、「えっ!」と夏目は眼を剥いた。

「巡り合わせが悪かったと思う。ちょうど原発の安全管理の不備が次から次へと明るみに出て、原子力不信が高まっていた時期と重なってたからね。放射線分野で学界トップの先生は、責任を痛感されて早期退職されたんでしょう」

白井がしみじみと語った。

猪俣が戻ってきて、帰り支度《じたく》を始めた。

「今夜は都内に宿泊ですか?」

大志田が訊くと、猪俣は、

「三月のときと同じホテルだよ」

大志田は三人をつくばセンター駅まで送って別れた。

その夜、猪俣はホテルに戻ると、もう一泊予約した。大志田から送ってもらった彦坂研究室のＯＢ会名簿を持参していた。

後ろ足で砂をかけるようにして研究室を飛び出したが、機会があるなら一度、彦坂に会いたいとかねてより思っていた。思いがけずも大志田とこうして会うこととなり、恩師の噂を窺い知るにつけ、その思いはさらに強まってきていた。

彦坂の具合が悪いようなので、会うなら早いほうが良い。山梨なら東京から日帰り可能だ。

11

小淵沢駅を降りてすぐの土産物屋で彦坂の住所を告げると、おおよその場所はわかった。訪ねる前に電話を入れようかと迷った。しかし、訪問を断られるかもしれない。いや、小淵沢まで来ていることを告げれば、さすがにそれはないだろうか。今さら迷うくらいなら、東京で電話すればよかったんだ。

頭の中は堂々巡りしたが、結局、電話せずに訪問することにした。

駅から緩い坂道を下り、途中で小道に入った。人通りはなかった。瓦葺《かわらぶき》の古風な家が右手に見えてきた。古びた表札に書かれた彦坂の名前を、かろうじて確認することができた。

チャイムを押した。家の中に響く音が聞こえた。

「はーい」と女性の声がした。

ガラス戸が開いた。

夫人だった。昔の面影があった。

「あの、昔、T大学でお世話になりました猪俣です」

夫人は訝しげに、じっと猪俣の顔に見入った。

「あっ、猪俣さん?」

「ええ、そうです」

「まあ!」と眼を丸くした。

「本当に何年ぶりかしらねー。さあ、お入りください。お電話してくだされればよかったのに……」

猪俣は居間に通され、ソファで夫人と向かい合った。彦坂の姿はなかった。

「あの、先生は?」

「いま奥の部屋で休んでるんですよ。もう間もなく起きると思います」

「お体のほうでも……」

「もともと心臓のほうに持病があるんですが、もう歳ですからね……」

夫人は力なく応えると、俯いた。

「大志田さんがいらしたんですよ。猪俣さんと国の委員会でご一緒だったそうで、彦坂も驚いていました」

「単なる参考人です。大志田君のような正式な委員ではありません」

「主人も猪俣さんが活躍されていると聞いて、嬉しそうにしてました」

突然、大きな音がした。テレビの音声のようだ。

夫人は立ち上がり、隣の部屋に入って行った。

暫くして「どうぞ、お入りください」と引き戸が開いた。

「彦坂先生、猪俣でございます」

猪俣は、寝室に入る敷居の手前に正座して、深々と頭を下げた。

ゆっくりと頭をもたげると、彦坂の姿がそこにあった。

（変わった）

布団の脇の背凭れに上半身を預けていた。パジャマの上に半纏《はんてん》を羽織《はお》っている。大きかった体躯《たいく》はすっかりやつれていた。眉も薄く、精気が感じられない。

「体調を崩されたとお聞きしまして……」

「もう老いぼれだからね」

彦坂の声は力なかった。

二度と会うまいとの思いで立ち去った恩師の姿をいま目の当たりにして、万感《ばんかん》の思いが込み上げてきた。

「先日、大志田君が来たんだよ。君の話が出てね、食品安全委員会で一緒だったそうで」

「ええ、私も彼から彦坂先生のご自宅を訪問したと昨日伺いました。実は、つくばの放射線安全シンポジウムで一緒だったんです」

「ほう、そうかね」

彦坂は、目を丸くして二～三度頷いた。

「かつての教え子がそうして活躍していると嬉しいよ」

彦坂は目を細めた。

「准教授になったそうだね」

「ええ、おかげさまで数年前に……。H大学で当時学部長だった早野《はやの》先生のお蔭だと思っています。早野先生は不慮《ふりょ》の事故で亡くなられましたが、私が反対運動にのめり込んでいた頃でも見捨てることなく、ご指導いただきまして……」

「早野君とは古くから科学研究費補助金の共同研究の仲間でね。私よりひと回り以上若いが、将来を嘱望《しょくぼう》された先生だった。君がH大学にいることは彼から聞いていたよ」

「早野先生は大変厳しい方でしたが、学問を究《きわ》めようとする姿に心打たれる思いがしていました。彦坂先生が私のことを心配していることも何度か聞かされました。そのたびに、学問をそっちのけにして、原発反対運動に逃げ込んでいる自分が情けなくなって。研究者の道に今かろうじて踏み留まっていられるのも……」

猪俣は、言葉に詰まって、しゃくりあげそうになった。

「准教授になったのも、国の委員会に呼ばれたのも、君の実力だよ。君は自分の力を卑下《ひげ》してはいけないよ」

彦坂のかけてくれた温かい言葉が素直に嬉しかった。

夫人が部屋に入ってきた。茶托《ちゃたく》に載せた湯呑みを猪俣の脇に置いた。

「よく研究室の皆さん、家に来られましたわね。本当にあの頃が懐かしいですわ」

「そうでした。奥様の手料理を毎回楽しみにしていました」

猪俣は笑顔で応えた。

夫人は、彦坂の脇にも湯呑みを置くと、お盆を持って退出した。

「一度、君と大志田君が言い争いをしたことがあったね。『俺、耳にしたんだよね』と言ったのは何のことかね」

(やはり覚えているんだ)

「日曜の午後、一人実験室にいたとき、先生と大志田君の会話を偶然、耳にしまして。先生が大志田君に早くドクターを取って、助手になるよう勧めていました」

彦坂は猪俣の顔をじっと見据えたまま動かない。

「実験室の隅で蹲って耳を澄ましていると、『それに、他大学出身者だしね』……。私のことだと確信しました」

彦坂は眉間に皺を寄せ、眼を固く瞑《つむ》っていた。

やがて目を開けると、彦坂は、

「あれは本当に……」

「先生、仰らないでください」

猪俣は右手をかざして制した。

「先生のお気持ち、今はよくわかります。私も若かったので、不満を募らせましたが、先生が大志田君に期待を寄せていたことはよくわかっていましたし、彼には、それだけの能力がありました。当時の私は、それを素直に認めることができなかったのです」

彦坂が後継者を途中で俺から大志田に乗り換えたのは事実だ。やはり、大志田に将来性を感じたということだろう。自分の将来を悲観したにしても、自暴自棄になったのは、やはり自分の責任でしかない。

「あれからね、私もグラウンドの汚染問題に直面する羽目になってね」

「先生、実は……」

猪俣は呟いたが、彦坂は話を続けた。

「電力との癒着《ゆちゃく》だとかなんとか、マスコミには随分叩かれたよ」

「先生！」

「うん？」

彦坂は話をやめ、猪俣の顔を覗き込んだ。

「T大グラウンドの汚染は、私が垂《た》れ込みました」

彦坂の表情が固まった。無表情のまま猪俣の目をじっと見ている。

「卑怯《ひきょう》な真似をして申し訳ございませんでした」

一気に口に出すと、頭をガクッと落として項垂れた。

沈黙が続いた。

やがて、彦坂の呟くような声が聞こえた。

「いいんだよ。謝るようなことじゃないよ」

ゆっくりと頭を上げると、恬淡《てんたん》とした彦坂の顔があった。

「あれは、どこかでけりをつけておかなければいけなかったことなんだよ。もちろん私が直接廃棄に関わったわけではないが……。T大のキャンパスにそういう廃棄場所があると聞いてはいたのでね」

彦坂は続けた。

「それを知りながら、何の手立ても打たなかった自分に非がある。いずれは忘れ去られる問題だという気持ちがなかったと言えば嘘になる。ある意味、自業自得だよ」

彦坂は、そう言うと、力なく笑った。

その穏やかな顔を見て、猪俣は救われる思いがした。彦坂に会った一番の目的は、このことを正直に伝えることだった。

今の時代なら内部告発と受けとめられることかもしれない。しかし、猪俣自身は、彦坂に対する恨みから仕出かした卑怯な行為だとの思いを、ずっと引きずってきた。そのことが心の奥に棘《とげ》のように引っかかっていた。彦坂が、どう受け止めるかに関わりなく、いつか正直に打ち明けなければとの思いを持ち続けてきた。

帰り際、玄関先で彦坂から言われた。

「考え方に違いはあったとしても、彦坂門下生として大志田君と協力してやっていってほしい」

この一言が、この上なく嬉しかった。

第四章　校庭利用問題

1

四月二十八日、木曜日――

文部科学省が四月十九日に示した『暫定的考え方』に反対する動きが、広がりを見せていた。

グリーンピース、環境NGO《エヌジーオー》（非政府組織）、原発に反対する市民団体などが主導して、『暫定的考え方』の撤回を求める署名運動を展開していた。

また、福島市の市民団体「原発震災復興・福島会議」が、県内のすべての市町村長、教育長、教育委員会に、空間線量率が一時間当たり〇・六マイクロシーベルト以上が観測された小中学校などの授業中止を求める進言書を送った、と報じられた。

この日、大志田は、文部科学省一五階の原子力対策支援本部で、白井と作業テーブルで向かい合っていた。会議机を向い合せにした作業テーブルが、部屋の中に数箇所設けられていた。床には電源コードや通信ケーブルが這い、作業テーブルには資料ファイル、ノートパソコンなどが雑然と置かれていた。

「反対グループの主張は、やはり年間一ミリシーベルトです。自然放射線で一年間に平均二・四ミリシーベルト被曝するというのに、どうして一ミリシーベルトにそこまで拘るのか」

白井は吐き捨てるように言った。

「放射線被曝を回避することしか頭にないですからね。他のリスクにはまるで目が向いていない」

大志田も同調した。

「とにかく、『暫定的考え方』は堅持します。それから被曝低減法を強くアピールしていきたいと考えています」

文部科学省は、校庭の利用基準は示したが、放射線量を低減するための対処法を示していないとして、福島県内の関係自治体から対策を求める声が高まっていた。

「先日、副大臣レクのときには説明しませんでしたが、いろいろ検討しているんです」

白井は椅子に腰かけたまま後ろを振り向いて、

「枝川君、上下置換《ちかん》工法のイメージ図を見せて」

白井は正面に向き直ると、『上下置換工法の検証イメージ』と書かれた図を大志田の前に差し出した。

「これを見てください。AとB二箇所の土を、それぞれ五〇センチ掘って、互いの土を入れ替えます。その際、放射性物質を多く含む表層の土から先に深いところに順番に埋めていって上下を逆さまにするわけです」

「なるほど」

「こうすれば、残土処理の問題も生じないでしょ」

白井の口ぶりには期待感が滲んでいた。

「原子力研究所で検討しているんですが、来月上旬に現地で穴の深さを変えながら実証試験を行います。試算では、五〇センチの深さまで掘って上下置換すれば、空間線量率は一〇パーセント程度にまで落ちるようです」

原子力研究所は、文部科学省傘下の独立行政法人で、高速増殖原型炉「もんじゅ」、放射性廃棄物の処理・処分技術、量子ビーム技術、原子力安全研究、核融合など、幅広い分野を推進する総合的研究開発機関だ。

「へえ、それはすごい」

「枝川君、ここのところ詳しく説明して」

白井が枝川に指示した。

枝川は、A三サイズの表を作業テーブルの上に広げた。穴の深さと空間線量率の低減効果の関係を示す表だった。

「あくまで計算に基づく予想ですが、一〇センチで三〇パーセント減、三〇センチで七〇パーセント減、五〇センチで九〇パーセント減です」

「すごいね。これなら三〇センチで十分かもしれない」

「ただ、長い年月の間にどう変化するかが見通せていないんです。埋めた土の中の放射性セシウムが、雨などで徐々に表面に出てくることが考えられるわけですが……」

「でも、この方法はうまくいきそうですね。子ども達が安心して校庭で飛び回れれば何よりですよ」

大志田が白井に顔を向けると、

「そうでしょう?」

白井は顔を綻《ほころ》ばせた。

「ところで、文科省の校庭利用の考え方について、福島県で説明会を予定しています。地元の教育委員会と共催で、場所は福島市、郡山市、伊達市の三箇所です。原子力研究所の専門家が分担して講演しますが、大志田さんも郡山で講演をお願いできませんか。五月七日です」

「郡山ですか。あそこは市で独自に表土を取り除くことにしたのではないですか?」

「ええ。郡山市独自の対応を決めたようですね」

郡山市は、放射線量調査で数値が高かった校庭・園庭について、五センチ程度表土を除去する独自の対策を実施する、と発表した。表面の土壌を取り去ることで放射線量の数値を低下させ、児童や保護者の不安解消を図るとしている。

「市が独自の予算でやり切るのであれば敢えて反対はしませんが、いずれ国に支援を求めてくるでしょう。伊達市にも同様の動きがあるようです。こうした動きが広がらなければいいんですけどね」

白井は顔を曇らせた。

大志田は郡山での説明会の講演を引き受けた。

四月二十九日、昭和の日――

例年なら、行楽客で賑わうターミナル駅や空港ロビーの様子が報じられるところだが、今年は違っていた。

東北新幹線の仙台《せんだい》駅プラットフォームがテレビに映し出されていた。震災から五〇日目の今日、全線開通したのだ。

大きなリュックを背負った若者がインタビューに答えていた。これから宮城県南三陸町に向かい、がれき撤去のボランティア活動に参加するという。

「連休中は、どういう予定なの？」

夕食後の後片付けを終えた道子が、リビングにやってきてソファに腰を下ろした。

「俺には連休も何も関係ないよ。今のところ五月七日に文科省主催の説明会が入っている。場所は郡山」

毎年この時期には家族旅行に行くことにしていたが、今年はとてもそういう気持ちにはなれなかった。新年度に入って職場の忙しさからは解放されたが、テレビ出演やシンポジウム、それに学校の校庭利用の問題など、相変わらず忙しかった。

ただ、福島県や茨城県で、野菜の出荷制限が一部解除されたというニュースを耳にすると、気持ちが和らいだ。食品安全委員会で追認することになった厳しい基準ではあるが、それをクリアする農産物が出てきたのだ。

「寛治をどこかに連れて行ってあげないと……」

「そうだな」

「あなたが行けそうもなければ、私がディズニーランドにでも連れて行こうかしら」

「そうしてくれよ。俺は職場に時々顔を出すつもりだから。連休中も交代で誰か来ているだろうしね」

「それで、アメリカに出発するのはいつになりそうなの？」

「校庭問題が一区切りついてからだな」

「それじゃ、いつになるかわからないわね」

「まだはっきりしないけど、遅くとも夏休み頃までには出たい」

『本日、内閣官房参与の森田《もりた》T大学教授が辞任しました』

テレビの音声に無意識に画面に目が向いた。

我が目を疑った。森田教授が涙ながらに何かを訴えている。

(何があったんだ！)

大志田はテレビ画面に釘付けになった。

『年間二〇ミリシーベルトに近い被曝をする人は、原子力発電所の放射線業務従事者にも極めて少ないのです。そのような数値を乳幼児や児童に求めることは、学問的見地からも人道的見地からも受け入れがたいものです。小学校などの校庭の利用基準に対して、この年間二〇ミリシーベルト基準の使用には強く抗議するとともに、再度の見直しを求めます』

あの著名な森田教授の発言とも思えなかった。彼は、ＩＣＲＰ委員を経験しているし、誰よりもＩＣＲＰの考え方を熟知しているはずだ。内閣官房の参与だと、大所高所からの判断があったのだろうか。校庭利用のことに関係しているとはこれまで聞いていなかったが、いずれにしても余程の事情があるのだろう。

「こういう発言が世間を混乱させるんだよな」

思わず本音が大志田の口をついて出ていた。

「でも真に迫るシーンだったわね。子どもを心配する気持ちがストレートに伝わってきたわ」

道子は感心しきりだ。

「あなたもあれくらいやらないと、自分の考えは他人に伝わらないわよ」

「冗談はよせ。放射線を過度に恐れるなというのが俺の主張だよ。放射線の危険性を訴えることよりずっと難しいんだよ」

2

五月二日、月曜日——

連休の合間だったが、大志田は研究室の様子を見に行くことにした。研究室のドアを開けると、末永がパソコンに向かい合っていた。

「今日は末永さん一人？」

「ええ、放射能分析で休日出勤してたでしょ。それで、みんな代休を取っているんです」

「忙しそうだね」

「放射線Q&A《キューアンドエー》コーナーに答えを書き込んでいるんです。質問が溜まっていまして」

末永は、プリンターまで足を運び、印刷した用紙を手に取り、大志田に手渡した。質問が十数件並んでいた。大志田は、作業机の椅子に腰を下ろし、順番に目を通していった。

――福島では校庭を使わないことになったそうです。茨城では大丈夫ですか？――

――子どもの感受性は大人の三～四倍高いといった新聞記事を見ました。乳幼児はさらに気をつけないといけないそうです。子を持つ親としてとても心配です。――

――貴研究所のホームページに、つくば地区での放射能分析結果が掲載されていましたが、すでに終了したということです。まだ福島第一原子力発電所からは放射能が放出されているかもしれないので、分析を続けるべきではないですか？――

――農家の者です。出荷できない野菜は捨てるしかないのでしょうか？　近所に配りたいと思いますが、受け取ってくれれば配っても問題ないのでしょうか？――

「子ども関連の質問が増えてるようだね」

「ええ、最近、多いですね」

自席に戻った末永がパソコン画面を見ながら、

「上から三番目の質問は、どう答えましょうか?」

「分析を続けるべきではないか、という質問?」

「ええ」

「放射能分析を終了したときのお知らせには、どう書いたの?」

「検出限界以下が続いているので中止することにした、というトーンで書きました」

「放射能分析と放射線の測定を混同しているんだろうね」

「その可能性ありますね」

放射能分析は四月八日に終了していたが、放射線量の測定は、その後も継続している。大気中に漂うガスや埃に付着して飛来する放射能濃度の測定と、その放射能から出る放射線量の測定は混同されやすい。

机上の電話が鳴った。

末永は受話器を取ると、まもなく、

「子どもの甲状腺被曝のことで話を聞きたいそうですが……」

末永は、大志田に電話を代わってほしそうだった。

「私が出よう」

大志田は、末永の席に歩み寄り受話器を受け取ると、

「どうなさいました？」

『ウチの町ではヨウ素が十五日に配布されて、長女が、副作用があるから飲まないと言い張ったので、まあ、飲めとも言えないし……』

安定ヨウ素剤に関する質問だった。

原発事故で放出された放射性ヨウ素は、体内に取り込まれると甲状腺に蓄積される。緊急措置として、甲状腺被曝を避けるために安定ヨウ素剤を服用して、その後、放射性ヨウ素を摂取しても甲状腺に取り込まれないようにするのだ。

「迷いますよね。無理もないですよ。それで？」

『でも、子どもにはやっぱり飲ませておくべきだったと後でわかって……』

「ヨウ素が配られたけど、子どもさんに飲ませなかった。それでいま後悔しているわけですね」

すでに一カ月半以上経っている。大志田としてもアドバイスのしようがない。

放射性ヨウ素は、摂取後二四時間以上経過すると、その後、安定ヨウ素剤を服用しても甲状腺の放射性ヨウ素の取り込みを阻害する効果はほとんどないとされる。日本人は海藻類を多く食べることから、もともとヨウ素が甲状腺にたくさん取り込まれている。したがって、仮に放射性ヨウ素が体内に取り込まれたとしても、それらが蓄積する割合は低く影響が少ないと考えられている。

「そんなに心配しなくて大丈夫ですよ。ただ、甲状腺の健康診断は、しっかり受けてくださいね。そうすれば大丈夫でしょう」

「室長、助かりました。ありがとうございます」

末永が礼を言った。

「ところで、さっきの問い合わせの返事、『福島からつくば地域に飛来する放射能が検出されなくなったので放射能分析は中止しました』と、はっきり書こう。それから『なお、環境放射線モニタリングは継続しています』と付け加えてね」

「わかりました」

研究所の食堂は普段よりずっと空いていた。

大志田はカレーにスープと一品料理、末永は和食セットにした。

二人は窓際の席に向かい合って座った。

「どう、室長の仕事はもう慣れた？」

「小さい組織ですし、特に変わりはないですよ」

「確か末永さんと私は同期入所でしたよね。これまでこうしてじっくり話すような機会はなかったよね」

「同期といっても、大志田さんはすでに一人前の研究者、私は大学出立ての新人でしたから」

「いや、私なんか中途採用、末永さんのように国家公務員試験に合格して計量研究所に入った人とは違うと思っていたよ」

二人は声に出して笑った。

計量研究所（通称、「計量研」）は、旧通商産業省工業技術院の研究所の一つで、計量標準を専門とする研究機関だった。その後、平成十三年に工業技術院が独立行政法人産業技術研究所に衣《ころも》替えするのに伴い、その中の一部門となった。

「室長、ひとつ訊いてもいいですか？」

末永は箸《はし》を持つ手を休めて、改まった調子で尋ねた。

「うん？　何？」

「どうして計量研に入られたんですか？」

大志田は笑みを浮かべながら、

「どうして、そういう質問を？」

「室長はT大学で放射線の生物影響を研究していらしたんでしょう？　放射線計測とは分野が少し違うかなと思って。研究室の他のメンバーには、生物影響の研究をやっていた人はいませんから」

「あ、そういうことね」

大志田はスプーンを置いて、水を一口飲んだ。

「T大で所属研究室が廃止になって、仕方なくアメリカに渡ったんだよ。もう三〇過ぎてたし、海外でポスドクを続けていると焦りも出てきてね。ちょうどその頃、計量研で放射線計測の研究者を公募していることを知ったんだ。分野はちょっと違うけど、とにかく早く定職に就きたかったというのが正直なところだね」

大志田は喋り終わると、スープの残りを飲んだ。

「末永さんは、どうして計量研に？」

「私は、こつこつやるのが性《しょう》に合っているので、放射線計測の道に入りました」

末永は、お茶に口をつけた。

「そうすると、放射線計測は、室長がもともと興味を抱いていた分野とは違うのではありませんか？」

正直、放射線計測にそれほど興味があったわけではなかったが、ストレートには言いにくかった。

「さあ、どうかな」

大志田は曖昧に答えた。

「震災をきっかけに、いろいろ考えさせられているよ。ＩＣＲＰをもっと体系的に勉強し直して、放射線防護に本格的に取り組んでいこうと思っている。サバティカル研修って、まさにそういうことを模索するための制度だからね。有意義に使おうと思っているよ」

3

五月七日、土曜日――

東京駅で東北新幹線『やまびこ』に乗った。

大宮《おおみや》駅から乗車するという白井と、自由席の三号車に乗る約束をしていた。

列車が大宮駅を出て間もなく、「大志田さん、おはようございます」と白井がやってきて隣の席に座わった。

「連休中というのに、随分空いてますね」

「やはり震災の影響でしょう。福島から先がずっと不通でしたから」

「これ見てください」

白井は鞄から週刊誌を取り出し、大志田の目の前に差し出した。

週刊情報だった。表紙の『二〇ミリシーベルトの怪』と書かれた見出しが目に入った。

――去る四月十九日、文部科学省（以下、「文科省」という）は校庭利用に関し、毎時三・八マイクロシーベルトの空間線量率を基準とすることを、福島県の教育委員会に通知した。これは、年間二〇ミリシーベルトを目安として、逆算して求められた数値である。

関係者によると、文科省が「年間の積算放射線量が二〇ミリシーベルトに達するかどうかを目安とし、毎時三・八マイクロシーベルトを学校での屋外活動の基準とする」との原案への助言を、原子力安全委員会（以下、「安全委員会」という）に求めたのは十九日午後二時頃。安全委員会は正式な委員会を開かず、午後四時ごろに「妥当だ」と回答した。しかし、ここに至るまでに文科省と安全委員会との間で紆余曲折《うよきょくせつ》があったようだ。

文科省は当初、各学校の空間線量率の測定値を示したリストを添付して学校を再開してよいか助言を求めたのに対し、安全委員会は、文科省が具体的な判断基準を示すべきだとして文科省の要請を拒否した。

しかし、安全委員会内部では、その後も被曝線量の目安となる参考レベルを検討していた形跡がある。安全委員会は四月十三日の記者会見で、校庭利用の目安を「年間被曝線量一〇ミリシーベルト程度に抑える」と示したが、翌日になって撤回したことがわかっている。また、子どもの感受性の高さを考えれば、一〜二〇ミリシーベルト間のできるだけ低い数値、五ミリシーベルトあたりが妥当とする意見もあった模様だ。

結局、文科省が原案を作成し、安全委員会に了解を求めることとなった。文科省の原案作成段階では、食品安全委員会でもＡＬＡＲＡを強く主張した大志田参与が深く関与していることがわかっている。

互いに相手に具体的数値の提示を求め合うという、なんとも嘆かわしいやりとりがなされていたのだ。双方とも責任回避の姿勢が如実《にょじつ》に現れている。しかも我が国の原子力安全に関わる最高機関同士だ。片や内閣総理大臣の諮問機関たる安全委員会、片や文科省は放射線の安全を所管し、放射線審議会も同省に置かれている。放射線安全に係る基準を定めるときは、関係省庁は放射線審議会に諮問《しもん》することとされている。

ところが、その後、四月二十九日、内閣官房参与の森田Ｔ大教授が涙の辞任記者会見を行ったことがきっかけとなったのか、誰が「二〇ミリシーベルトでよい」と言ったのか問い合わせても、誰もわからないという珍現象が生じている。冒頭にも述べたように、文科省は年二〇ミリシーベルトから逆算した三・八マイクロシーベルトの空間線量率を案として意見を求め、その日のうちに妥当だとの返事を得ているのだ。――

ざっと目を通したところ、白井から以前、聞いた話とほぼ合致《がっち》している。自分の名前が出ていたが、気にはならなかった。それよりも、犯人捜《さが》しのような書きぶりに憤りを覚えた。

車窓の風景に目を転じると、被災地から遠く離れているからなのか、特に震災の影響は感じられなかった。

「大志田さん、名前が出てるでしょ」

白井が声をかけてきた。

「ええ、この記事を書いたのは、先週つくばのシンポジウムに取材に来ていた夏目でしょう。ほら、一緒に食事したでしょ」

「あ、彼ですか」

「以前、つくば記者会に所属していたんですが、文精社に回されたそうです。もともと真面目な記者だったんですが、どうもデスクの言いなりでしょうがないですねー」

まもなく、列車は宇都宮《うつのみや》に停車した。乗降客は少なかった。

宇都宮を出ると、山間《やまあい》の緑がだんだんと多くなってきた。

「白井さん、森田教授は校庭利用問題に関係しているんですか？」

大志田は白井に顔を向け尋ねた。

「いいえ、関係しているとは聞いていません。内閣官房の参与ですから、避難対策などに当たっているんでしょうかね」

白井は小首《こくび》を傾げる。

「でも記者会見では、子どもの被曝線量が高過ぎると訴えてましたね。明らかに校庭の利用基準を指しての発言じゃないですか」

「そうですねー。よくわかりませんが、内閣官房には参与が何人も任命されているようですから、内部で意見対立でもあったんでしょう」

東日本大震災の後、政府が対策本部を次々と設置し、もともと法律に基づき設置してある組織と重複するなど混乱していた。また、内閣官房には、原子力や放射線の専門家数名が参与に任命されていた。

やがて列車は郡山に着いた。

二人はタクシーで説明会場に向かった。

開始予定の午後二時少し前に、郡山市立K中学校体育館に到着した。

入口付近では、『三・八マイクロシーベルト撤回を！』と書かれた立て看板の周りに人だかりがしていた。

共催者の郡山市教育委員会から斉藤《さいとう》教育部長が出迎えた。体育館の中に入ると、館内のざわめきが鎮《しず》まった。二人は、壇上の端に置かれた折り畳み椅子に案内された。

会場を見渡すと、ほとんどが子育て世代の女性で、子ども連れも多かった。マスク姿が多いのに心が痛んだ。

「ただいまより、『福島県内の学校の校舎・校庭等の利用判断における暫定的考え方』の説明会を始めます」

進行役の斉藤教育部長の声がマイクを通して場内に響き渡った。

「本日の進行ですが、まず、文部科学省の大志田参与より、放射線の基礎について、それから、『暫定的考え方』の背景にある国際放射線防護委員会、ＩＣＲＰの考え方についてお話しいただく予定です。大志田参与は産業技術研究所の放射線研究室長で、ＩＣＲＰの専門委員としても活躍されております。そのあと、文部科学省の白井放射線安全課長から『暫定的考え方』につきまして詳しくご説明いただきます」

大志田は、三月にＪＡつくばの説明で使った資料をベースに一部手を加えたものを用意してきた。わかりやすさが何より重要だと考えたからだ。

まず、放射能と放射線の違い、放射線の単位、放射能の強さベクレルと被曝線量シーベルトの違い、外部被曝と内部被曝の違いなどを、具体例を挙げながら丁寧に説明した。それから、ICRP勧告の内容や、正当化、最適化、線量限度から成る被曝防護三原則について説明した。

ひと通り説明を終え、会場を見渡してみた。マスク姿が多くて表情が読み取れないからか、相手の反応がいま一つ伝わってこなかった。

最後に、子どもの被曝について付け加えてみた。

「今日は皆さん方、何よりも子どもさんの被曝が心配で来られているわけですね」

そう語りかけると、あちこちで頷く姿が目に入った。

「ICRPは、年齢や性別による違いを常に考慮しています。ちょっと専門的になりますが、放射性物質に対する感受性、新陳代謝《しんちんたいしゃ》、預託期間、つまり将来にわたって被曝する期間などについて、それぞれ大人と子どもの違いを考慮したうえで、摂取限度や線量限度を決めているんです。そして最も弱い立場にある者でも、しかるべきリスクに抑えることができるように数値を定めています。ですから、子どもだから大人の半分だとか四分の一だとか主張する人がいますが、そういう必要はありません。これははっきりと申し上げておきたいと思います」

話を終えると、場内の所々で拍手が起きた。

続いて、白井課長の説明が始まった。

スクリーンに『校庭等の利用判断における暫定的考え方』と、講演のタイトルが映し出された。

白井は、『暫定的考え方』の背景や経緯を述べた。

「……福島県による環境放射線モニタリング結果に基づいて、原子力安全委員会の助言を踏まえ取りまとめました」

続いて、具体的な内容に入った。

「児童や生徒などの受ける線量を考える際、一六時間の屋内活動、八時間の屋外活動という生活パターンを想定します。すると年間二〇ミリシーベルトに相当する屋外の空間線量率は、毎時三・八マイクロシーベルトになります。その導き方は次のとおりです……」

さまざまな前提条件となるパラメータと、それに基づく被曝線量の計算式を示すスライドが暫く続いた。

「したがって、毎時三・八マイクロシーベルトを下回る学校では、平常どおりの活動をして差支えありません。これを上回る数値を示した場合であっても、校庭・園庭での活動を一日当たり一時間程度にすることで、児童・生徒が受ける線量が年二〇ミリシーベルトを超えることはないと考えられます」

続いて、被曝低減対策として上下置換工法の説明を行った。土の入れ替えの様子を図でわかりやすく示した。深さ五〇センチの穴を掘って上下の土を入れ替えると、約九〇パーセントの低減効果があると説明すると、場内に歓声が上がった。

最後に、屋外で活動した後には、手や顔を洗い、うがいをすること、砂場の利用を控えることなど生活上の注意事項を付け加えた。

説明が終わると、質疑応答に入った。

壇上の中央に長机が運び込まれ、大志田と白井は、そちらに移動した。

会場で幾つか手が挙がった。

「どうぞ」

斉藤教育部長が一人を指名し、マイク係が走り寄った。

マイクを渡された女性は、

「子どもの被曝は大人と比べて影響が大きいと聞きます。さっきの説明では大丈夫ということですが……」

「ご心配は尤もです。でも、ご安心ください」

大志田が答えた。

「放射能の影響は大人と子ども、つまり年齢からくる代謝の差で違いがあります。大人と子どもの違いを十分考慮のうえで、それでも大丈夫なように基準は設けられています」

「でも、子どもは体内に取り込むのも早いんでしょ？」

「取り込むのも早いのですが、排出するのも早いんですね。つまり新陳代謝が活発なんです」

「排出が早いといっても、放射能が全部取れるわけではないでしょう。寿命が長いわけだから、ずっと被曝し続けるわけでしょ？」

「ええ、大人は五〇年間の被曝を考えますが、子どもは七〇年と、余命を考慮したうえで基準を定めています」

「わかりました」

女性は納得したようだった。

次の質問者にマイクが渡った。

「ストロンチウムは骨に溜まって、なかなか出ていかないから、特に危険だと聞きます。どうなんでしょう？」

中年の女性だった。

「体内からなかなか出ていかないから余計に危険だ、と考える必要はありません。なかなか出ていかないことも考慮して、それでも一定の被曝線量に収まるように摂取量の限度が決められています。よろしいですか？」

質問者の反応はなかった。

大志田は具体例を挙げてみた。

「例えば、一ミリシーベルト被曝したと仮定しましょう。外から被曝したとすれば、それはまさに瞬間的に一ミリシーベルト被曝したことになります。ところが、内部被曝の場合は、五〇年後までの被曝線量を先取りして、今、被曝したというみなし計算をします。だから、同じ被曝線量であれば、内部被曝は外部被曝よりずっと緩やかな被曝ということになります。そして、急性被曝より緩やかな被曝のほうが、リスクが低いことがわかっています」

中年女性は納得したように頷き、マイクを返した。

その後、生活上の具体的な質問が続いた。

「洗濯物は外で干せるのか？」

「家の換気はしたほうが良いのか？」

「学校にエアコンを入れてほしい」

白いジャケットを羽織った若い女性が質問に立った。

「三・八マイクロシーベルトは、地面からの放射線しか考えていないでしょ。実際には、鼻や口からも放射能が入る。そのことが計算に入ってないでしょ」

鋭く問い詰めるような言い方だった。

白井が大志田に顔を向けて、自分で答える素振りをした。

「校庭から空中に放射能が巻き上げられます。それを呼い込むと、放射能が肺に入るわけです。ただ、その影響を文部科学省で調べた結果、全体の二パーセント程度との結果が得られております。ですから、心配には及びません」

「食物からはどうなんですか？　地元で採れた野菜からも被曝しますよ」

大志田が答えた。

「飲食物については別途、暫定規制値が定められています。それを上回る食品は出荷されていませんから、心配はいらないと思います」

突然、背の高い若い男が立ち上がった。立て看板の傍《そば》にいた男だ。三・八マイクロシーベルトの撤回を訴える者に違いない。

男は質問した女性からマイクを直接受け取ると、

「ですから、個別に大丈夫と言うんじゃなくて、内部被曝、外部被曝すべてをひっくるめて考えないといけないですよねー」

横柄な言い方だった。

これは専門的な質問だと思って、大志田が答えた。

「外部被曝と内部被曝の合算の問題ですね。確かに、三・八マイクロシーベルトを算出する段階では、外部被曝と内部被曝の合算はしていません」

大志田は努めて落ち着いた丁寧な受け答えをした。

「だから、三・八マイクロシーベルトは撤回すべきなんです」

男は言い張った。

「ちょっと聞いてください」

大志田は男の発言を制して、

「空間線量率を算出する過程で、さまざまなパラメータを設定します。その際に、現実にはあり得ないほど安全側に立った仮定を、しかも幾つも立てて計算します。ですから、予想被曝線量は高めに出て、実測値と比べると何倍もの違いが生じるのが普通です。三・八マイクロシーベルトの計算においても同様です。予想被曝線量は、二〇ミリシーベルトですが、おそらく実測値は、その何分の一かに収まるでしょう」

「外部被曝、経口摂取と吸入摂取に伴う内部被曝をすべて考慮に入れて、計算し直すべきじゃないんですか!」

「よろしいですか」

進行役の斉藤教育部長がそう前置きして、

「今日の説明会は、討論をする場ではありませんので、ご協力をお願いします。さて、すでに終了予定の午後四時を過ぎていますので、最後にもう一問受け、それでお開きにしたいと思います」

別のマイク係が、手を挙げた年配の女性にマイクを手渡した。

「まだ、終わってないよ!」

先ほど質問した白いジャケットの女性の声だった。

「他県に避難した娘家族から、子どもが学校で放射能がうつるといっていじめに遭《あ》っている、と言ってくる。なんとかならないもんか」

「いじめですね」

斉藤教育部長が答えた。

「まず、担任によく相談してみてください。それで改善しないようなら、教頭、校長と、とにかく関係者に相談するよう心掛けてください。よろしいですか?」

年配の女性は頷いていた。


説明会終了後、体育館を出ると、背の高い男の周りに女性達が集まり、男の話に熱心に聞き入っていた。その傍では、白いジャケットの女性が署名集めをしていた。

斉藤教育部長に案内してもらって、運動場の隅に仮置きしてある残土の様子を見に行くことにした。表層を五センチ削って集まった土が盛り土になっているという。若い男性が放射線測定器を持って同行した。

残土から一〇メートルくらい離れたところに、縄が張られていた。立入禁止の立て札が何箇所か置かれていた。

高さ一・五メートルくらいの盛り土に、ブルーのビニールシートが被せてあった。

「ピーピーピー」

残土に近づくにつれ、測定器の発する音が早まった。

測定器を覗き込むと、一〇マイクロシーベルト／時を超えていた。

「土をそのままブルーシートで覆っているんですか？」

大志田が尋ねると、斉藤教育部長は、

「いいえ、凝固剤《ぎょうこざい》で固めてあります」

表土を集めたあと、樹脂《じゅし》と水を混ぜた凝固剤をポンプ車で吹き付けて固めたという。

「残土は、どう処分するのですか？」

白井が尋ねると、

「市内の埋め立て処分場に埋設する予定です」

「費用は？」と白井。

「市長の考えでは、当座は市の予備費を充《あ》て、ゆくゆくは国に補助を……」

白井は口を尖《とが》らせ、渋い顔をして聞いていた。

「今日お話しした上下置換工法なら、残土処理の問題はないんですけどねー」

白井はため息をついた。

4

服部企画部長から開示請求の話があったのは、連休が明けてまもなくのことだった。

大志田の兼業や受託研究費について開示請求がきているので、確認のため、来所願いたい、と末永からメールが入ったのだ。

「これは、どういう資料ですか?」

大志田は、服部企画部長から示された資料に見入った。

「開示請求だよ。君の兼業や受託研究費の受け入れ状況について文精社から請求があったんだ」

（そうか）

文精社と聞いてピンときた。

「心当たりでもあるの？」

「ええ、週刊情報ですね。食品安全委員会の取材で酷い記事を書いていました。このあいだの放射線安全シンポジウムにも来てましたね」

「シンポジウムって？」

「文科省主催の放射線安全シンポジウムです。研究交流センターであったんです。そのとき講演したんです」

「そういう情報は上げてほしいね」

服部企画部長は、ムッとした顔をした。

「まあ、しょうがないか。事実関係に間違いないかちょっと見てくれる」

食品安全委員会専門委員、電力合同研究所放射線安全評価委員会委員、それからＩＣＲＰ調査連絡会委員の名が記されていた。受託研究先の欄には「日本原子力テクノロジー株式会社」という社名があった。

「間違いないと思います」

「おそらく君が企業と癒着しているとかなんとか、書きたてるんだろうな」

「事務手続きは、庶務と連絡取ってきちんとやっています」

「ちゃんと処理していればいいよ。開示請求は特段の理由なく断ることはできないからね。事務的に処理するしかないんだ」

また苦情でもあるのかと思っていたので、ホッとした。

「ところで、参議院の文教科学委員会調査室から君に参考人招致の要請が来ているんだ。何か心当たりでもある？」

参考人と聞いて、大志田は文部科学省の白井から言われたことを思い出した。

「ええ、文科省の知り合いの課長さんから、国会の委員会に呼ばれることがあるかもしれないと言われていますが……」

服部企画部長は、「ふーん」と口を窄めた。

「T大にいたことからの知り合いで、以前、資源エネルギー庁にも出向で来ていたので、そのときも仕事で関係しました」

「文科省の誰？」

「放射線安全課長の白井敏郎さんです」

「白井敏郎？　知らないな。文教科学委員会で原子力関係といえば……」

「校庭の利用制限の基準だと思います」

「そうか。このところ問題になっているね」

「他に招致されている人はいるんですか？」

「民生党推薦でH大学の猪俣准教授が呼ばれているらしい」

猪俣の名前を聞いても、もう驚きはなかった。おそらくまた傘木副大臣の推薦だろう。

「やはり奥山《おくやま》理事長の判断を仰ごう。ちょっと一緒に来て」

同じ階にある理事長室に向かった。

もともと奥山理事長は、電気通信の著名な研究者で、国立大学の学長経験者だ。産技研の理事長に就任して二年になるが、大志田は、これまで直接言葉を交わしたことはなかった。

服部企画部長が参考人招致の仕組みも含めて、奥山理事長に説明した。

「参考人招致ですから証人喚問と違って義務ではありません」

「出席を断ってもいいということ？」

奥山理事長は服部企画部長に問い返した。研究者上がりの理事長は、この手の話には慣れていない。

「そうです」

自分のことが他人に勝手に決められているようで、大志田は釈然としなかった。

「あの、これは私個人に対する要請ですから、私が決めることではないんですか？」

「まあ、そういう考えもあるけど、事が事だけに、研究所としての判断もあってしかるべきだよ」

服部企画部長は、すかさず釘を刺した。

「放射線の専門家として参考人招致されていると思うんですけど」

「同時に、君は産技研の放射線研究室長でもある。前にも言ったよね」

服部企画部長は、奥山理事長の前でも遠慮がなかった。

「よく議員に参考人招致がきて、党として反対することがあるでしょ。あれと同じですよ。個人といっても組織に属しているわけですから、切り離せないよ」

「大志田君は、どう思うのかね」

「放射線の専門家としての意見を求められているのでしょうから、私は出てみたいと思います」

「まあ、ウチの研究員が貢献できるのなら、有意義なことじゃないのかね。企画部長、それでいいですね」

「うーん、そうですか」

服部企画部長は粘ったが、最後は奥山理事長の意向に従った。

理事長室を出たあと、白井は、

「賛否両論のあるような問題を軽々と断じるような発言は自重してくれたまえ」

「わかってますよ」

「それから、国会審議で大臣や局長が答弁に詰まったりする場面があるけど、知らないことは知らないとはっきり言えば、まったく問題ないからね。いいね」

服部企画部長は最後まで口煩《うるさ》かった。


数日後——

「あなた、出ているわよ」

大志田が外出から戻ると、庭で水やりしていた道子が言った。

朝刊の広告欄に、『電力丸抱えの御用学者、放射線防護より原発擁護《ようご》』とあったので、道子に週刊情報を買っておくよう頼んでおいた。自分が載っているかもしれないと思ったからだ。

「どうせ、また、でたらめだろ」

大志田は家に入り、さっそく週刊誌を開いた。

見出しの横には収支簿のような表が掲載されていた。金額の記載箇所は、黒く塗り潰されている。

――産技研の大志田信吾放射線室長が、食品安全委員会でＩＣＲＰの緊急声明を受け入れるよう力説したことは以前本誌でお伝えした。今は緊急時だから、平常時の線量限度を緩和しようとするＡＬＡＲＡの考え方だ。大志田氏は、テレビの特別番組で福島の子ども達について放射線被曝よりも運動不足が心配だと熱弁を振るっていた。その発言に、子を持つ中年女性が福島でそんなに運動させたいのなら、自分の子どもを福島へ連れて行って遊ばせればよいではないか、と喰《く》らいついた。大志田氏は、福島在住の妹から娘を暫く預かってほしいと頼まれた話を披露した。放射線の心配はまったくいらないと言って断ったそうだ。しかし驚くなかれ、その娘は愛知県岡崎市の大志田氏の実家に疎開していたのだ。

なぜ大志田氏は、そこまでしてＡＬＡＲＡに固執するのか。その動機を探ろうと、大志田氏の兼業関係や受託研究などの情報開示を産技研に請求した結果（次表参照）、財団法人電力合同研究所と日本原子力テクノロジー株式会社から報酬《ほうしゅう》を得ていたことがわかった。

本誌が入手した「併任・検証簿」によると、大志田氏は、放射線安全評価委員会の委員長を務めるなどして、報酬や交通費を受けていた。放射線防護よりも経済合理性を優先するＡＬＡＲＡに躍起になる大志田氏の行動がご理解いただけよう。――


（畜生《ちくしょう》！）

大志田は頭にきた。

あゆみを疎開させたのは、妹の珠美だ。しかも、俺がそれを知ったのはずっと後になってからだ。兼業や受託研究も産技研の規定に則ってきちんとやっている。産技研では、民間と交流のないような研究者は評価されない。

さらに、読み進めた。

――また、大志田氏はＩＣＲＰの専門委員会のメンバーだ。財団法人放射線防護協会には、ＩＣＲＰ調査連絡会が置かれ、電力会社などから年間二千万円を超す寄付がなされている。ＩＣＲＰの委員らの会議出席のための旅費は、この経費から支出されている。また、海外原子力事情調査という名目で海外出張の支援も行われているようだ。

ところで、ＩＣＲＰを放射線の専門家の集まりと考えるのは間違いのようだ。放射線の安全には関係ない経済学者なども含まれているのだ。ＩＣＲＰは、表向き政府からも国際機関からも独立しているが、むしろ原子力推進サイドと一定の距離を置くことで、中立性を装っていると見るべきだ。もしＩＣＲＰが原子力推進側を支援する組織だとしたら、ＩＣＲＰの基準を各国政府が受け入れるという現在の姿を維持することはできないであろう。推進側と一線を画しているほうが、原子力推進側としても実は都合が良いのだ。ときには厳しい基準を突きつけられても、基本的には原子力推進を是とする組織だから安心できるのだ。

欧米では、ＩＣＲＰ勧告を基本としながらも、独自の研究組織を持つ国が多い。米国では、「電離放射線の生物学的影響に関する米国科学アカデミー（ＢＥＩＲ《ベア》）」や「アメリカ放射線防護測定審議会（ＮＣＲＰ《エヌシーアールピー》）」といった機関があり、放射線の安全について中立的な立場で独自の研究を行っている。英国にも「国立放射線防護委員会（NRPB）《エヌアールピービー》」があり、やはり独立した安全研究を行っている。

翻《ひるがえ》って、日本はどうだろう。広島に原爆影響研究所があるが、これは広島・長崎の原爆被爆者の追跡調査をする組織だ。日米で共同運営されており、その疫学《えきがく》調査結果はICRP勧告の元データになってはいる。しかし、日本独自の研究成果が世界の基準づくりに貢献しているという話は聞かない。「ICRPは、こう言っている」とか「ICRPの基準では、こうだ」とか、専門家の誰に聞いても金太郎飴《あめ》のような答えしか返ってこない。唯一の被爆国として実に情けない状況だ。日本にもっと放射線の本格的な研究組織があってもよいのではないか。――

大志田は歯軋《ぎし》りした。

週刊情報に電話して、夏目記者を呼び出してもらった。

「おい、どういうことなんだ！」

相手が電話口に出るなり、怒鳴った。

「ちょっと、待ってください。何のことですか」

「今日発売の記事だよ、嘘八百並べて！」

返事がない。

「どういう了見だ。君の書いた記事だよな」

「そうですけど……」

夏目の口籠った声が聞こえた。

「いずれにしても責任者に会いたい。明日の午前十時。いいな！」

有無を言わさず、強引にアポイントを取り付け、電話を切った。


四階建ての古びたビルだった。

受付で名前を告げ、夏目記者にアポイントを取っていると伝えた。窓のない狭い応接室に案内された。出されたお茶に口をつけていると、突然、

「お待たせしました。担当デスクの清水です」

大きな声でスポーツ刈りの男が入ってきた。がっしりした体躯で四〇代に見える。夏目が後ろに控えていた。

「産技研の大志田です」とソファから立ち上がった。相手が名刺を差し出すのに合わせ、

大志田も同じように名刺を差し出した。

「早速ですけどね、この記事は、いったいどういうことですか！」

大志田は、持参した週刊誌をソファの前のテーブルに置き、問題の箇所を指先で叩いた。

「どうと言いますと？」

デスクは、とぼけた態度に出てきた。

「俺は身内の疎開などさせてないよ」

「つくばのシンポジウムの後で呑んだときに、岡崎に姪《めい》が疎開していると……」

夏目が戸惑い気味に囁いた。

「うん？……」

白井課長にそう言った記憶が蘇った。

「あれは妹から相談があったとき、福島市なら放射線の心配はまったくいらないと言って、思い留まらせたという話だよ。だから、これは妹が後になって自分の判断で疎開させたことなんだよ」

「大志田先生の指示で福島から疎開したとは書いていませんよ」

清水が、しらっと言った。

大志田は身を乗り出して、清水を睨みつけた。

「まあまあ、そう興奮しないでくださいよ」

デスクは右手を広げ、大志田の勢いを押し留めた。

「食品安全委員会でＩＣＲＰの緊急声明が配られると、先生は内容を強く擁護する発言を続けたそうじゃないですか」

清水は、横に座った夏目と顔を見合わせながら言った。

「そりゃ、私はＩＣＲＰの専門委員だし、声明文の内容も理に適《かな》ったものだったから、当然だよ」

「だから、大志田先生はＩＣＲＰの代弁者のように振る舞われたんでしょ？」

「私が言いたいのは、今は放射線だけに囚われるのではなく、全体としてのリスクを抑えることを最優先にしようということだ」

「それは立派な考え方だと思いますよ。でも他の委員は、先生の意見に賛成しなかったわけですね」

「君たちマスコミが、そう仕向けているからじゃないのか」

「それは心外ですね」

清水は足を組んで、上体を背凭れに預けた。

「こんな大変な時期に不安ばかり煽って、何を言ってるんだ」

「ちょっといいですか。世の中には、いろいろな考え方があります。そのことを客観的に伝えるのが我々の使命です。我が社は、原子力推進側の論理を垂れ流すだけのメディアとは違いますよ」

「人の粗《あら》を探って、チクることしか考えてないじゃないか」

「粗探しって、開示請求のことですか？　開示請求は正当な行為ですよ。よく勉強してから言ってください」

「マスコミの報道は間違いだらけだし、しかも意図的に事実を捻《ね》じ曲げる。新聞はまだしも、週刊誌は特に酷い。販売部数のことしか考えない」

「新聞みたいに毒にも薬にもならんメディアと一緒にしないでもらいたいですな」

「週刊誌の中でも、ここは特に酷い」

「あっ、今の発言聞き捨てなりませんな。訂正してください！」

清水が言葉尻を捉えて反駁した。

大志田は顔を背けた。

「重要なことは、ＩＣＲＰの重要事項の決定に、日本人が関与していないことじゃないですか」

清水は別の話を持ち出した。

「緊急声明を出そうか出すまいかという肝心要《かなめ》の部分に日本人が関与していないことのほうが問題ですよ。記事の後半部分よく読んでください」

清水は硬軟《こうなん》自在に話題を切り替えた。いかにも喧嘩《けんか》慣れした男だ。

「読んでいるよ」

「日本の専門家は、何かというとすぐ『ＩＣＲＰでは、こう言っている』と言うじゃないですか。日本は、被爆者データは提供できても、それをどう安全に結び付けるかについて政策提言ができない。日本が世界をリードするくらいでないとね。まったく情けないよ。欧米では独自の組織があって研究しているそうじゃない。なあ」

清水は、夏目の顔を横から覗き込むようにして同調を求めた。

「すみませんが、次の約束がありますので、夏目君、あとは頼んだよ」

と言うと、すっと立ち上がり部屋から出て行った。

清水にうまく話をすり替えられた気がして癪だったが、日本が被爆国なのに放射線の安全で世界をリードできていない点は、反論のしようがなかった。

大志田は、事実を歪曲《わいきょく》した記事を書かないよう夏目に強く念を押した。今後一切取材を受けないと吐き捨て、文精社を後にした。


翌日午前、放射線研究室の末永室長代理から電話があった。

放射線Q&Aコーナーの質問に混じって、何件かクレームがきているという。週刊情報に掲載された記事に関するものだ。服部企画部長が昨日研究室にやって来て、当面は様子を見ることになったという。

暫く顔を出していなかったので、午後、様子見がてら研究室に出掛けた。

「一昨日、最初のクレームがあって。その後も昨日、今日ときていますね」

末永が言った。

「で、企画部長は何て言ってたの？」

「『こういうのはほっとくしかないよ』と言っていました」

服部企画部長には会いたくなかったので、自分の携帯から電話することにした。

「放射線研究室長の大志田です。放射線Q＆Aコーナーにクレームがきていると研究室から連絡を受けました……」

『まあ、暫く様子見だね。ただ、国会で質問されると思っておいたほうがいいよ』

「記事が間違っているんですから、逆にマスコミがいかにいい加減な情報を垂れ流しているか暴露してやりますよ！」

『あのね、そう肩に力を入れるのはまずいよ。研究所の品位も疑われるからね。何回も言うけど、産技研の放射線研究室長として出るわけだからね。個人といっても組織から離れることにはならないからね。それからね、参考人招致、一旦引き受けたといっても、いつでも断ることができるからね』

「ええ、わかってますよ。それでは……」と言って、大志田が電話を切ろうすると、

『ところで、ブログやツイッターやってないだろうね』

「やってませんよ」

『それならいいけど』

（どこまでお節介《せっかい》なんだ！）

大志田は黙っておれなかった。

「やってればどうだというんですか？」

『君の持論をネットで発信すると、炎上しないとも限らないからね。くれぐれも気をつけてくれたまえ』

「もう結構です」

『週刊誌なんてヤクザな連中と関わらないのが一番だよ』

末永が心配そうに見つめていた。

5

五月二十三日、月曜日——

福島の母親らが、校庭を利用する際の二〇ミリシーベルトの基準撤回を求めて文部科学省に陳情《ちんじょう》に来ることになっていた。

大志田は、白井から陳情対応への協力を依頼され、この日は朝から文部科学省に詰めていた。

「午後二時に旧文部省本館の玄関ホールで陳情文を受け取る手筈《てはず》になっています。基本的に、私が先方との交渉窓口になります。皆、玄関ホールに入ろうとしますから、混乱したら守衛の指示に従ってください」

陳情団は、大臣や政務三役に面会を求めているが、事務方で対応する旨、すでに相手側に伝えてあるという。

政務三役とは、各省の大臣、副大臣及び政務官の内閣総理大臣から任命される役職で、省の幹部を意味する。文部科学省の場合、副大臣、政務官とも二人ずつ置かれていた。

「私は何をすれば……」

「大志田さんは私から少し離れたところにいてもらえませんか。専門的なことで必要な場合、私のほうから声をかけますから」

「わかりました」

「連絡対応は、枝川課長補佐をヘッドに、放射線安全課のスタッフで対応します」

午後一時四十五分、大志田は白井とともに正面玄関に向かった。

玄関ホールのエレベーターは全て停められていた。入口付近で守衛数名が外を見張っていた。

小雨が降る中、虎ノ門交差点の文部科学省寄りの歩道は、人で埋め尽くされていた。

『子どもはモルモットじゃない！』

『子ども達を死なせるな！』

『二〇ミリシーベルト撤回を！』

などと書かれたプラカードが乱立していた。

マスク姿の女性達を見て、大志田は気持ちが沈んだ。先日の郡山の説明会場の光景が蘇ってきた。マスクをするのが当たり前になってしまったのだろう。放射能を防ぐことだけに気を取られ、気持ちの余裕を失っている。

警察官が歩道と車道の境界あたりを警戒していた。ビジネスマンやＯＬ《オーエル》が興味深げに眺めながら、通り過ぎて行った。

二時きっかりに守衛が入場規制を解くと、玄関ホールの中に人々が雪崩れ込んできた。

「大臣に会わせろ！」「責任者を出せ！」と叫ぶ声がした。

「すでにご連絡したとおり、本日は私が陳情を承ります」

白井が声を張り上げた。

「あなたは何者なの？」

「放射線安全課長の白井敏郎です」

「あなたじゃ話にならないよ。責任者を出しなさいよ」

「大臣はいるのいないの？」

「外出中です」

「じゃあ、いつ帰ってくるの？」

「わかりません」

「わからないってことはないでしょ。すぐ確認しなさいよ」

「今日は私が対応します。大臣には私から直接お伝えします」

堂々巡りのやりとりが続いた。

大志田は玄関ホールを出て、財務省寄りの通用門から外に出てみた。陳情団の最後尾が、通用門のすぐ近くにまで迫っていた。

道行く人にビラを配っている女性に近づき、一枚受け取った。

大きく『年二〇ミリシーベルトに抗議を！』と書かれていた。

――四月十九日、文部科学省は、学校等の校舎・校庭等の利用判断における放射線量の目安として、年二〇ミリシーベルトという基準を福島県教育委員会や関係機関に通知した。

この年二〇ミリシーベルトは、屋外で三・八マイクロシーベルト／時に相当すると政府は示している。三・八マイクロシーベルト／時は、労働基準法で一八歳未満の作業を禁止している「放射線管理区域」（〇・六マイクロシーベルト／時以上）の約六倍に相当する線量を子どもに強要する、極めて非人道的な決定であり、私たちは強くこれに抗議する。

現在、福島県によって県内の小・中学校等において実施された放射線モニタリングによれば、管理区域に相当する学校が七五パーセント以上存在する。今回、日本政府が示した数値は、この危険な状況を子どもに許容するとともに、子どもの被曝量を抑えようという学校側の自主的な防護措置を妨げることにもなる。

文部科学省は、年二〇ミリシーベルトは、国際放射線防護委員会（ＩＣＲＰ）勧告Publication《パブリケーション》一〇九及び緊急声明の非常事態収束後の基準である参考レベルの一～二〇ミリシーベルトに基づくとしているが、その上限を採用することとなる。日本政府からは、本基準の決定プロセスに関して、何一つ具体的な情報は開示されていない。また、子どもの感受性や内部被曝が考慮されなかった理由も説明されていない。文部科学省や原子力安全委員会において、どのような協議が行われたかは不明であり、極めて曖昧な状況にある。

私たちは、日本政府に対して下記を要求する。

・子どもに対する「年二〇ミリシーベルト」という基準を撤回すること。
・子どもに対する「二〇ミリシーベルト」という基準で安全とした専門家の氏名を公表すること。——

女性達が取材記者に訴えていた。

「少しでも被曝を少なくしようと思っているのに、どうして国から被曝を強制させられなきゃいけないの。子ども達に将来、『どうしてあのとき止めてくれなかったの』と泣かれたら、私はなんて答えればいいの」

「ウチの子どもは友達と別れるのを嫌がって、疎開の話を持ち出しても納得しない。放射能の話をしようとしても、聞く耳を持ってくれない」

大志田は玄関ホールに戻った。すでに午後三時を過ぎていた。

代表者と思しき年配の女性が白井に近づいて、何やら話し込んでいた。やがて、女性はハンドマイクを片手に陳情文を読み始めた。女性の目の前で、神妙な面持ちの白井がじっと立って聞いていた。女性は陳情文を読み終えると、白井に手渡した。

その夜、大志田は白井が陳情内容を傘木副大臣に説明するのに同行した。

「放射線安全課長の白井です。本日の福島からの陳情について、ご説明に上がりました」

白井は副大臣室の入口で立ち止まり、ソファに座る傘木副大臣に向かって言った。

応接ソファで向かい合い、陳情文を示しながら内容を説明した。また、数百名の陳情団と、一時間以上に亘って押し問答を繰り返したことを伝えた。

「原子力対策本部の決定もあるし、校庭の利用基準を早く見直さないといけないよ」

先月、白井とともに「暫定的考え方」の説明に上がったときに比べ、傘木副大臣は明らかに苛立っていた。

五月十七日、政府の原子力対策本部が『原子力被災者への対応に関する当面の取組方針について』を取りまとめていた。その中で、校庭の利用基準に関して早急に見直すよう明記されていた。

「内閣官房の森田参与が辞任して、風向きが変わったんだよ」

それまで、政権幹部は原子力安全委員会が認めた年間二〇ミリシーベルトで問題ない、と口々に発言していた。しかし、森田参与の辞任があった後の菅原総理の発言では、年間二〇ミリシーベルトは、これで大丈夫というより、これをスタート台にして線量を下げる努力をしなければならない、と明らかに変化していた。

「要求事項の二つ目の『専門家の氏名を公表せよ』って、これは誰のことかね」

どう答えるのだろうと大志田が隣に目をやると、白井と目がかち合った。

白井は正面に向き直り、はっきりと答えた。

「それは文科省や原子力安全委員会の専門家です。暫定基準を定めたとき二〇ミリシーベルトを基に計算して、空間線量率三・八マイクロシーベルトを出したわけですが、原子力安全委員会もそれを了承しています」

大志田も同じ思いだった。

「しかし、森田参与は一ミリにすべきと言って辞めたんだろう?」

「記者会見を見ただけなので断言はできませんが、一ミリシーベルトとは言ってなかったと思います。編集されて誤って伝わったかもしれません」

大志田がそう言うと、

「どうしてそう言えるのかね」

傘木副大臣は大志田をじろりと睨んだ。

「森田参与のようなICRPをよく知る方が、この緊急時に一ミリシーベルトと言うとは考えられないからです。長期目標として一ミリシーベルトを目指すと言ったのならわからないでもありません。今すぐ一ミリシーベルトにすべきと言った、と間違って伝えられたのではないでしょうか」

大志田は自分の思いを滔々《とうとう》と述べた。

気が付くと、傘木副大臣の顔は渋面《しぶづら》に変わっていた。

「来週は参議院の文教科学委員会がある。だから、この問題は今週中にけりをつけないといけない。いいね」

傘木副大臣はそう念を押すと、ソファから立ち上がった。

二人は慌てて立ち上がり、低頭した。

傘木副大臣の強い態度に口を挟む余裕はなかった。

「白井課長、ちょっと」

副大臣室を退出しかけたとき、白井は傘木副大臣に呼び止められた。

大志田は控え室で待った。

ほどなく白井は戻り、二人は副大臣室を後にした。

暗く長い廊下に二人の足音が響いた。

「今日は、有無を言わせずといった感じでしたね」

大志田が声をかけたが、白井の返事はなかった。傘木副大臣の厳命に言葉を発する余裕がないのかもしれない。

一五階でエレベーターを降りると、突然、白井が立ち止まった。

「大志田さん、ちょっといいですか」

白井は声を潜めてそう言うと、放射線安全課の部屋を通り過ぎて、薄暗い廊下をずっと先の方まで歩いて行った。大志田は、何だろうと不審に思いながらも、後について行った。

白井は、突き当たりの部屋のノブに手をかけ手前に引いた。白井は手探りで照明スイッチを探し、灯《あか》りを点けた。窓のない小さな部屋だった。ドアを閉め、二人は立ったまま向かい合った。

「副大臣から大志田さんの参与をすぐ解任せよ、と言われました」

白井は大志田の眼をじっと見つめながら言った。

解任という言葉に一瞬ドキッとした。俺が何か仕出かしたとでも言うのだろうか。森田参与の件で、言い過ぎがあったのかもしれない。それとも、陳情文が明らかにせよという専門家が俺だと思ったのだろうか。

「私から参与を頼んでおきながら、本当に申し訳ありません」

白井は長身を折り曲げて、深く頭を下げた。

「そういうことだったんですか。気にしないでください」

大志田は努めて平静を装った。

「私が二〇ミリシーベルトを主張する張本人だと思ったのかな。非難の矛先《ほこさき》が文科省に向かってこないよう、先手を打ったということかな」

「いずれにしても、今週中に新たな考え方を教育委員会に通知しなければ……」

「そうですよね。頑張ってください」

白井の顔には悲壮《ひそう》感が漂っていた。

「部屋に戻りませんか」と、大志田がドアのほうを振り向くと、

「大志田さん」と背後から声をかけられた。

「参与の解任辞令は明日付けで出しますが、その後も協力してもらえませんか」

白井は頭を下げた。

「えっ？　それはさすがに無理では……」

「筋が通らないのは重々承知しています。しかし、今週中に通知を出すには大志田さんの力が欠かせません」

白井は長身を折り曲げて、また深く頭を下げた。

ＡＬＡＲＡを活かそうと大志田と同じ思いで頑張っている白井に、そこまで言われると断ることはできなかった。

「今週中の協力という意味ですか？」

「ええ、そうです」

「でも具体的にどうやって……」

「うーん、大志田さんが文科省に出入りするのは流石《さすが》にまずいから、この近くのビジネ

スホテルにでも部屋を確保して……。私もそこに泊まります」

「泊まり込みですか……」

「ええ、昼間は役所に出なければなりませんが、その間も時々顔を出せると思います」

二〜三日泊まり込みになったとしても、いずれにしても今週中のことだ。あと来週の参考人招致を乗り切れば、当面の務めは果たしたことになる。

「わかりました」

大志田は了解した。

「今日のところは一旦帰宅し、明日からビジネスホテルに寝泊まりということでいいですね？」

「はい、ありがとうございます」

白井はまた深く頭を下げた。姿勢を戻した白井の顔には、安堵の色が滲み出ていた。

この日、大志田が文部科学省を出たのは、午後十一時近かった。

6

翌日、白井から連絡のあったビジネスホテルに大志田がチェックインしたのは、午後五時だった。地下鉄虎ノ門駅から外堀通りを神谷町《かみやちょう》に向かって徒歩で一〇分程の小さなホテルだった。

白井の名前で五階に二部屋確保されていた。ドア寄りにベッドがあり、奥の窓際に肘《ひじ》掛け椅子が二つと小机が置かれていた。念のため三日分の着替えとＩＣＲＰ関連資料、それにノートパソコンを持参していた。

まもなく、白井が薄青色のクリアファイルを手に、大志田の部屋に現れた。

窓際の小机で向かい合った。白井はメリット・デメリットと書いた一枚紙を広げ、大志田に示した。参考レベルを一ミリシーベルト、一〇ミリシーベルト、二〇ミリシーベルトと変えた場合の、それぞれのメリットとデメリットを一覧表にしたものだった。

「一〇ミリシーベルトの折衷案《せっちゅう》もひとつのアイデアだと思いますが、どうですか？」

「原子力安全委員会でも、当初一〇ミリシーベルトといっておきながら、すぐ撤回したんでしょう？」

大志田は、その話を白井から聞いた記憶があったので、敢えて口にしてみた。

「うーん」

白井は返事に窮《きゅう》した。

「一ミリと二〇ミリの中間の値を取って双方の妥協点を探る。そういう発想は多分、間違いだと思いますよ」

「しかし、もう時間がないから、妥協でも何でも答えを出さなければ……」

「ここで年間二〇ミリシーベルトを一ミリシーベルトに変更しますと言ったら、これまでの努力が水の泡です。ここが踏ん張りどころですよ！」

大志田は、白井に奮起を促した。

「それはそうですが……」

反対意見にすぐ妥協してその場しのぎをする。そういう姿勢が将来にいかに大きなツケを残すか、大志田はよくわかっていた。白井も同じはずだ。

原子力の世界では、この種の話に事欠かない。良い例が地元自治体と電力会社が結ぶ安全協定だ。法律上の規制値の一〇分の一や一〇〇分の一に排気濃度、排水濃度を抑える上乗せ規制が、どの原発でも当たり前のように行われている。科学的根拠に基づいた規制値が厳然《げんぜん》としてあるのに、安全を見越して、その一〇分の一、あるいは一〇〇分の一を守りますと約束してしまう。そういう安易な態度が、後々大きな負担となって返ってくるのだ。

白井は頭を抱えていた。

「もう七時ですね。晩飯に行きませんか?」

大志田は気分転換にでもなればと思い、白井に声をかけた。

「そうしましょう。私は食事の後、一旦役所に戻ります」

ホテルの裏手にある中華料理店に入った。

テーブル席はいっぱいだったので、カウンター席に着いた。

大志田は麺《めん》をすすりながら、

「白井さん、大変ですね。昼夜ないんじゃありませんか?」

「こちらこそ、無理をお願いしてすみません……」

白井は身を屈めた。

「もう今頃は海外研修だったんですよね。具体的な計画はもうできているんですか?」

白井はそう言って、大志田の顔を横から覗き込んだ。

大志田は蓮華《れんげ》で汁《つゆ》を二〜三度口にしてから、

「ICRPの主だったメンバーをインタビューして回ろうと思ってます。まずオタワにいるフレミング事務局長に会って、いろいろ話を伺うことから始めます」

「へえー、すごいですね」

「日本の放射線関係者は、私も含めて、ICRPではこう言っていると、お決まりの文句しか言えないじゃないですか」

大志田が自虐気味に笑うと、白井も「そうですね」と、声に出して笑った。

「放射線の生物影響やICRPを勉強し直して、自信を持って専門的なアドバイスができるようになりたいですね。ICRPの受け売りとかではなくてね……」

大志田は震災対応しているなかで、自分自身がICRP勧告をどう解釈するかに汲々として、まるで論語の解釈でもしているような気持ちになることがあった。その点は、その他の専門家もあまり変わらないはずだ。ICRP勧告をただ解釈するのではなく、その背景にある考え方まで掘り起こさなければならない。ICRP委員の中でも当然意見は異なるはずだ。どういう議論を経て現行の勧告に落ち着き、今後どういう方向に向かおうとしているのか。それに、ＩＣＲＰの委員自身もＩＣＲＰの限界を感じているはずで、そのあたりの本音も探ってみたかった。

翌日午前、大志田はホテルの一階で遅めのモーニングサービスを取ってから、部屋に戻って一休みしていた。

ゆうべは食事の後、白井は役所に戻った。大志田は部屋で、ＡＬＡＲＡの考え方の移り変わりについて関連資料を調べた。ＩＣＲＰの二〇〇七年勧告と現行法令のもととなっている一九九〇年勧告、それと緊急時被曝状況における公衆の被曝防護に関するPublication 一〇九だ。

携帯が鳴った。

「はい、大志田です」

『大志田さん、一日早まることになりました』

いきなり、白井の声が耳に飛び込んできた。

『政務三役会議が二十七日から二十六日に変更になったんです』

「ということは、明日ですか……」

『そうです。あとで行きます』と言って、白井はすぐ電話を切った。

（いよいよ時間との勝負だ！）

もう考えている時間はない。傘木副大臣は、はっきりとは言わなかったが、年一ミリシーベルトが意中の数値であることは間違いない。一ミリシーベルトに変更したら、これまでの努力が水の泡になる、と白井に強く迫ったが、白井にしてみれば傘木副大臣の意向を蔑《ないがし》ろにすることなどできるはずもない。一ミリシーベルトへの変更を受け入れるしか方法はないか……。

ふと、岡崎に帰省したときの父の言葉が蘇った。

——相手に説得されたと思わせるようでは駄目だらあな。説得される側が自発的にそう考えるようにうまく導くのが極意だで——

一ミリシーベルトを避ける術《すべ》を考えるよりも、一ミリシーベルトを受け入れて、なおかつALARAの精神を活かす方法があるかを検討したほうが良いのではないか。妥協かもしれないが、何も二〇ミリシーベルトを死守することが本来目的ではない。

前言を翻すことになるが、白井に一ミリシーベルトを勧めてみようか……。

白井がやってきたのは、午後になってからだった。

二人は部屋の奥の小机で向かい合った。

「この際、年間一ミリシーベルト以下を目指すとはっきり明示しましょうか」

そう大志田が切り出すと、白井は「えっ！」と目を剥いた。

「これまでと話が違うじゃないですか！」

白井は背筋を伸ばし、鋭い眼つきで大志田を見下ろしていた。

「いろいろ考えたんですが……。今、最も大切なことは、被曝を恐れ過ぎないようにすることです。子どもや親御さん達に安心感を与えることです。実際の被曝線量は、いずれにしても、健康上問題になるようなレベルではないですから。一ミリシーベルトを目指すとはっきり打ち出すことで安心感につながるんなら、それに越したことはないと考えました」

白井は「うーん」と顔をしかめている。

「子どもにおねだりされたから、大人の知恵でうまく言いくるめる。言い方は悪いですが、それで納得してくれるなら安いもんですよ」

「それはそうですが……」

白井は釈然としない様子だ。

「ただ、その代わりと言っては何ですが、年間一ミリシーベルトを目指すとした場合の被曝線量の範囲を限定するんです」

「どういうことですか？」

「そもそも自然放射線による被曝が年二・四ミリシーベルトです。それより低い年間一ミリシーベルトを目指すわけだから、当然、その一ミリシーベルトの中には自然放射線は含まないで、福島第一原子力発電所事故に伴う被曝線量だけを意味するわけです。そのことをまず明確にすべきです。また、年間一ミリシーベルトというのは、今年度一ミリシーベルトと明記しましょう。三月十一日から三月末まで、つまり昨年度分の被曝線量は含まないことを明確にするのです」

白井は頷いている。

大志田は、さらに続けた。

「以上の二点を明確にして、今年度一ミリシーベルトを超す小中学校がどれくらいあるか試算してもらえませんか。それから、上下置換法で被曝低減を図った場合どうなるか計算してみてください」

腕組みをして考え込んでいた白井が呟いた。

「名を捨てて実を取るということですか……」

「まあ、そう言えるかもしれません」

「わかりました。早速、役所に戻って計算してみます」

白井は吹っ切れた表情で、はっきりと言った。

「私は、『暫定的考え方』と新たに出す通知の関係について考え方を整理してみます。問われたときの応答要領が必要ですよね？」

「大志田さんの機転には舌を巻きます。来週の国会で質問される可能性がありますからね」

白井は笑みを浮かべながらそう言うと、部屋を飛び出して行った。

大志田は散歩に出た。街路樹の若葉が目に沁みるようだった。爽やかな微風が心地よかった。

歩きながらも、いろいろな考えが頭に浮かんでは消え、いつのまにか自問自答の世界に入り込んでいた。

四月十九日の『暫定的考え方』と異なる数値を示す新たな通知を出せば、当然、前の通知を置き換えたものと受け取られるだろう。新たな通知は、『暫定的考え方』に代わるものではないことははっきり示したいが……。『暫定的考え方』の詳細を示すものと位置づけたらどうだろう。何か一捻り必要だ。説明の方法を工夫するしかない。

参考レベルとして設定する目安は、限度とは異なり、それを超える人もいることを前提にしている。ＩＣＲＰも参考レベルは固定的なものではなく、被曝状況に応じて徐々に下げていくものとしている。一ミリシーベルトは、究極的な目標としてはあり得るが、一年ではなく、もっと先の目標だ。目指すべき目標とすれば、仮に達成できない場合でも大丈夫か。

突然、クラクションの音が耳を劈《つんざ》いた。慌てて後ろを振り返ると、車がすぐ後ろに迫ってきていた。考え事をしながら、いつの間にか狭い路地の真ん中を歩いていたのだ。

その夜、白井がホテルに戻ったのは、午後十一時過ぎだった。

「こういうのを考えてみたんですが……」

大志田は、パソコン画面を白井に向けた。散歩から帰ってから、考えを整理しながら文案にしたものだ。

白井は、上体を屈めて画面を覗き込んだ。

――問　暫定的考え方と今般の新たな通知の関係如何《いかん》。

『暫定的考え方』に代えて屋外活動を制限する新たな目安を示すものではなく、文部科学省として、まずは学校内において、できる限り児童生徒等が受ける線量を減らしていく取り組みを、年間一ミリシーベルトを目指して進めていくこととしたものである。

（さらに問われた場合）

年間一ミリシーベルト以下を目指すことによって、学校での屋外活動を制限する目安を毎時三・八マイクロシーベルトから、その二〇分の一である毎時〇・一九マイクロシーベルトに変更するものではなく、この達成のために屋外活動の制限を求めるものでもない。

――

「うーん」

白井は姿勢を戻しながら、呻《うめ》き声を上げた。

「これだとわかりにくくないですか。目安と目指すがごっちゃになってるようで……」

白井は、眉を寄せ、顔をしかめていた。

「これは、積極的に公表するものではなくて、あくまで追及されたときの応答ぶりですよね」

「ええ、そうです」

「この際、わかりにくいから良いんだ、と発想を変えてみませんか。わかりにくければ、追及する相手の納得は得られないかもしれませんが、逆にそれ以上の追及も受けにくいんじゃないですか」

「それも一理ありますが……」

その後も暫く議論を続けたが、結論には至らなかった。

「後で、私宛《あて》にメールしておいてください」

白井は、明日の政務三役会議の準備があると言って、まもなく自分の部屋に戻った。

大志田としては、やるだけのことはやった気がしていた。

五月二十七日、文部科学省は「福島県における児童生徒等が学校等において受ける線量低減に向けた当面の対応について」を公表し、福島県教育委員会に通知した。

——①福島県内の全ての小中学校等に対し、積算線量計を配布する。

②平成二十三年度に学校において、児童生徒等が受ける線量について、当面、年間一ミリシーベルト以下を目指す。

③空間線量率が毎時一マイクロシーベルト以上の学校が土壌の線量低減策を講じる場合、財政的支援を行う。——

7

五月三十一日、火曜日——

いよいよ参考人招致の日がやってきた。

国会議事堂への入り方は、白井課長に事前に教えてもらっていたが、万が一に備え、早めに家を出た。予定時刻午後二時の一五分前に参議院議員面会所に着いた。招請状を提示すると、若い職員が現れ緑色のリボンを渡されたので胸に付けた。

控え室に案内され暫くすると、議員や事務局員らが続々と入ってきた。猪俣もその中にいた。

定刻少し前に二階の委員会室に案内され、名札の置かれた席に着いた。委員会開始直前に、福島県のD市長が入ってきて、参考人の真ん中の席に座った。

二時きっかりに岡本《おかもと》委員長が開会宣言、続いて、参考人の名前が読み上げられた。

「これより会議を開きます。本日は、参考人として、福島県D市長・佐藤俊《さとうたかし》君、産業技術研究所室長・大志田信吾君、H大学理学部准教授・猪俣勉君、以上三名の方々にご出席をいただいております。また政府参考人として……」

政府参考人が何人か読み上げられ、その中に白井放射線安全課長の名前があった。委員会室を改めて見回すと、向かい側の控え席に白井が座っていた。

「この際、参考人各位に一言ご挨拶を申し上げます」

服部企画部長からあらかじめ国会審議の様子を聞いていたので、大志田の気持ちは落ち着いていた。

「参考人各位におかれましては、それぞれのお立場から忌憚《きたん》のないご意見をお述べいただきたいと存じます。まず、お一人一五分以内でご意見をお述べいただき、その後、委員からの質疑に対してお答えいただきたいと存じます。それでは、まず佐藤参考人にお願いいたします」

「ご紹介いただきました福島県D市長の佐藤俊と申します。どうぞよろしくお願い申し上げます。子どもの父兄の方から強い不安が寄せられておりまして、学校の表土を剥いで放射能の低減を図ったことについてお話ししたいと思います」

D市内には、小中学校が二七校、幼稚園と保育園が合わせて二八園ある。市は計画的避難区域には該当しないし、当初放射能についてあまり心配していなかった。ところがSPEEDIの公表があり、原発から離れていても飯舘《いいたて》村のように放射能が高いケースがあることがわかり、D市でも測ってみた。文部科学省から示された毎時三・八マイクロシーベルトの暫定基準値を超えるところが小学校で二箇所、幼稚園で一箇所見つかり、表土を剥いだ。

「毎時三・八マイクロシーベルトの暫定基準値につきましては、保護者からは本当にこれで良いのかという意見がたくさん寄せられておるわけです。私としては行政機関の一員として、国の示した基準に従うということでやっております。二マイクロシーベルトでもやってくれといった声が非常に強いんですが、国が定めた三・八マイクロシーベルトを超えていないんだから大丈夫だ、安心しなさいと言っているんです。

やはり、父兄の子どもを思う気持ちには強いものがあって、他の市では三・八マイクロシーベルト以下でも表土を剥いだのに、D市ではなぜやらないんだとなるんです。

選挙で選ばれる立場は非常に苦しいものがあります。心ならずも、もしくは積極的な政治的判断で表土を剥ぐ方もいますが、やはりきちんとした基準があってしかるべきと思います。国のほうから説明をしていただければと思うところであります」

朴訥とした語り口に市長の苦悩が滲み出ていた。

「ありがとうございました。次に、大志田参考人にお願いいたします」

「大志田信吾と申します」

大志田は、『ALARA（合理的に達成できる範囲で低く）』と題した資料を用意していた。一五分という限られた時間で今一番言いたいことは、この言葉に集約されると思ったからだ。

大志田は顔を上げ、議員一人ひとりに語り掛けた。

「私は三月中旬以降、食品安全と校庭での児童生徒の被曝防護に関わってきました。そのなかで、国際放射線防護委員会、ＩＣＲＰの基本原則の一つである最適化、ＡＬＡＲＡと申しますが、このＡＬＡＲＡが正しく理解されていないということを痛感いたしました。一般の方だけでなく専門家もです。四月につくばで開催された放射線安全シンポウムで、ＩＣＲＰのフレミング事務局長が強調していたのが、日本ではＡＬＡＲＡが間違って理解されているということでした」

大志田は机上の資料に目を転じた。

「資料をご覧ください。英語の as～as は、もともと同じくらいという意味です。as soon as possible は、できる限り早くという意味ですね。as low as reasonably achievable（ＡＬＡＲＡ）は『合理的に達成できる限り低く』というのが定訳となっています。『できる限り』というと、目いっぱい頑張ることを意味します。『できる限り』という言葉は、本来、『できる限りにおいて』あるいは『できる範囲で』といった、一定の限度を示す言葉です。ところが通常、私達が使う『できる限り』は、そういう限度を示すのではなく、精一杯というニュアンスにすり替わっています。『できる限り』という表現の中に、ＡＬＡＲＡが誤解される原因が潜んでいるような気がしてなりません」

大志田は顔を上げ、会場内を見回した。怪訝そうな表情を浮かべる者が目についた。

「また、reasonably《リーズナブリー》を『合理的に』と訳していますが、『合理的に』という言葉の捉え方は人によってまちまちです。私は、常識的にとか、無理なくといった意味に捉えています。もともと、合理的には、理論的とか計画的といった意味があると思いますが、ALARAの場合には、ちょっと当てはまらないと思います。理論的に達成するとか計画的に達成するといっても、しっくりきません。この場合でいうと、達成するに際して、無理がないかどうかをreasonablyという言葉で示しているわけです。したがって、私は、ALARAを『合理的に達成できる範囲で低く』と解釈すべきと考えています。皆さんはどうお考えでしょうか?」

「英語の授業じゃないぞ!」

ヤジが飛んで、ドッと笑いが起こった。

大志田は続けた。

「ALARAを適用して被曝防護の基準を定めたら、それを目安にして被曝の低減化を図るべきなのに、それを確保すべき最低限のレベルと見なして、そこからさらに被曝の低減化を徹底しようといった発言をする政治家や専門家がいます。具体例を挙げましょう。政府高官の談話として、『一ミリシーベルトに近づけるために、合理的に達成可能なできる限りの努力を払う所存云々』と、新聞に載っていました。誰とは言いませんが、このような誤った解釈が乱れ飛んで混乱を来たしています」

大志田は、ここで一呼吸置いた。

首を傾げる者、隣とヒソヒソ話をする者が目についた。

こちらが言わんとするところが伝わった感じはしなかった。やはりストレートに言うしかない。

「こういう言い方はどうかという気もしますが、もっとはっきり言えば……」

皆の視線が再び大志田に集中した。

「ＡＬＡＲＡとは、常識的な範囲でできる程度の被曝削減を行いましょう、ということです。もし被曝を減らすために、他のマイナス要因のほうが大きくなるのであれば、それが放射線被曝以外の健康上のリスクであれ、あるいは経済的、社会的な損失であれ、被曝低減は後回しにしましょう、ということです」

委員会室がどよめいた。

「何を言ってるの！」

「どこの党が推薦したの？」

「被曝削減しないほうが良いってさ」

あちこちでヤジが飛んだ。

「ご静粛《せいしゅく》に。静粛に願います」

岡本委員長がすかさず注意を促した。

「いま強く思いますのは、緊急時なのに平常時の被曝防護を求めるあまり、結果として大きな犠牲を払ってしまっていることです。しかも、そのことを認識していません。震災関連死がすでに出ています。年一ミリシーベルトにこだわる人達は、これら関連死に加担していることになるという認識が必要です。

放射線は低いほど良いと綺麗ごとを言っておれば済むわけではありません。降って湧いた災難に、それをすべて取り除いて原状回復してくれという気持ちはわからないではありませんが、今やらなければならないのは、放射線リスクの低減化ではなく、それも含んだ全体としてのリスクの低減化です」

「いつまで喋るんだ」「時間だよ」といった不規則発言が飛び交った。

大志田は声を一段と張り上げた。

「平成十一年、茨城県東海村でJCO事故がありました。その際には、二人の方が急性被曝で亡くなりました。これは明らかに多量の放射線を短時間に浴びたことが原因です。しかし、福島第一原子力発電所の事故で、このように大量の放射線を浴びて亡くなった方はいません。もちろん、普段よりも多く被曝しながら毎日必死な思いで復旧作業に取り組んでおられる方々には、ただただ頭が下がる思いです。しかし、被曝を避けるために全体としてリスクをより大きくしてしまうような愚は、何としても避けなければなりません。それが政治の責任だと思います。以上です」

急かされた気がして、最後のほうは早口になってしまった。ペットボトルの水を飲んで一息入れた。自分の思いは一通り話せた気がした。

気が付くと、猪俣の陳述が始まっていた。

「……ご存じの方がいるかもしれませんが、私は以前、原発反対運動に関わっていました。反対運動にどっぷり浸《つ》かっていた分、見えていることもあるので、そのことを話します」

委員会室がざわついた。

猪俣も、何か思い切った発言をしそうな雰囲気を漂わせていた。

「現在の放射線防護はＩＣＲＰ勧告が基本になっています。ただ、このＩＣＲＰ勧告は、私に言わせれば、突っ込みどころがいっぱいある欠陥品なわけです。ＩＣＲＰ勧告は、原子力利用を前提にしたうえで、放射線安全と原子力推進とどこで折り合いをつけるか、その妥協点を探ってできた産物です。だから矛盾に満ち満ちている。その一つが、直線閾値なしの仮定であり、集団線量であり、また、ＡＬＡＲＡであるわけです。どれもこれも、少し勉強すれば弱点を見出せるでしょう。その点を突いていれば、たとえ研究者として実績はなくても、一端《いっぱし》の専門家と見てもらえるでしょう」

　猪俣は一呼吸置いて、声を一段と強めた。

「放射線分野で研究者が名を成そうと思ったら、それは簡単です。放射線の危険性を示すデータを選りすぐって、それに理論的な味付けをすればいいだけです。プロの反対運動家が放っておかないでしょう。私もかつてそうやった一人です」

　委員会室はどよめいた。

「ただ、今回の大惨事で気持ちが変わりました。これまで国や電力会社に、放射線の安全で対峙《たいじ》してきましたが、国が脱原発に舵《かじ》を切ろうかというなかで、相手が急にいなくなってしまった寂寥《せきりょう》感とでもいいましょうか……。政治の世界でもありますでしょ。与党に反対だけしていればよかった気楽な立場から一転、責任ある立場に立たされ右往左往している……」

「異議あり！」「問題発言！」「そのとおり」と言った声に笑い声も混じり、委員会室は騒然となった。

「ご静粛に！　静粛に願います！」

岡本委員長が注意を促した。

猪俣はさらに続けた。

「この事故をきっかけに国が原子力から手を引くとしたら、私は、それに反対です。この国のエネルギーを賄うのに、原子力なしでやっていけるとは到底思えないからです。もちろん、放射線の安全については突き詰めていきたいと思っております。以上です」

パラパラと散発的に拍手が聞こえた。

「猪俣参考人、ありがとうございました。以上で、参考人の方々からの意見の開陳《かいちん》は終わりました。これより参考人に対する質疑を行います。質疑の申し出がありますので、順次これを許します。井川勇一《いかわゆういち》君」

「民自党の井川でございます。参考人の皆様方には、本当にお忙しいなか、こうしてお運びいただき、そして陳述をいただきましたこと、心より御礼を申し上げます。早速質問に入らせていただきたいと思います。

文部科学省は四月十九日、『福島県内の学校の校舎・校庭等の利用判断における暫定的考え方』を示し、二〇ミリシーベルトを暫定的目安としました。そして、五月二十七日には、『福島県における児童生徒等が学校等において受ける線量低減に向けた当面の対応について』の中で、一ミリシーベルトを目標として掲げることにしたと理解しています。これは、二〇ミリシーベルトから一ミリシーベルトに引き下げたという理解でよろしいか伺います」

傘木副大臣は、ゆったりと立ち上がると答弁席に進み出て、マイクに向かってあらかじめ用意した答弁書を読み上げた。

「五月二十七日に、当面、年間一ミリシーベルト以下を目指すことを示しましたが、この一ミリシーベルト以下というのは、『暫定的考え方』に代えて屋外活動を制限する新たな目安を示すものではなく、まずは学校内において、できる限り児童生徒等が受ける線量を減らしていく取り組みを、一ミリシーベルト目指して進めていくこととしたものです」

「えー、ただいまの発言、ちょっとわかりかねましたので、もう一度お願いします」

傘木副大臣は、答弁席のマイクに向かって先ほどと同じ答弁書を読み上げた。

井川議員は苛ついた様子で、

「要するに、二〇ミリか一ミリか、どっちですか？」

傘木副大臣はマイクに向かって、

「一ミリシーベルトです」

控え席の白井が席から立ち上がりながら、右手を高く挙げ、発言を強くアピールした。

「白井政府参考人」

岡本委員長の声がした。

白井は素早く答弁席に歩み寄って、

「お答えします。『当面の対応について』における年間一ミリシーベルト以下というのは、『暫定的考え方』に代えて屋外活動を制限する新たな目安を示すものではなく、文科省として学校内で児童や生徒等などが受ける線量をできるだけ減らしていく取り組みを進めるに当たり目指していく目標です」

白井は時々、書類に目を落としながらも、流暢《りゅうちょう》に答弁した。先週ビジネスホテルで大志田が白井に示した答えぶりそのものであった。

傘木副大臣に目を向けると、小首を傾げていた。

「要するに、できるだけ減らして一ミリシーベルトを目標にしていくということですね。次に……」

井川議員のさらなる追及はなく、次の質問に移って行った。

井川議員と白井のやりとりが続いた。

「お子さんは運動場で埃にまみれたりします。校庭で被曝して、砂埃で被曝し、さらに地元で採れた野菜そのほか、食物から被曝するわけです。文部科学省は一貫して内部被曝の影響は軽微だとして三・八マイクロシーベルトの中にも入れていない。この点について、文部科学省の見解を問いたい」

「お答えします。土壌に沈着している放射性物質が空中に巻き上げられ、それを呼吸によって吸入する影響を校庭で調べた結果、内部被曝と外部被曝の合計のおよそ二パーセント程度との結果が得られております」

「食物はどうなんですか?」

「お答えします。食物や水につきましては別途、暫定規制値が定められております。それを上回る食品に対しては、出荷制限などの措置が講じられることから、内部被曝に有意な影響が与えられることはないと考えております」

「ですから、個別に規制値を上回るかどうかではなく、内部被曝、外部被曝すべてを合算して考えないといけないのではないかと申し上げているのです」

外部被曝と内部被曝の合算の複雑な質問にも、白井は卒なく答えていた。

「次に、長谷川《はせがわ》保《たもつ》君」

岡本委員長の声が響いた。

「民生党の長谷川保です。本日は有意義なお話、ありがとうございました。先ほど、ALARAが正しく理解されていないのではないかというお話がありました。それに関連して、大志田参考人にご質問します。先週の週刊情報に大志田参考人がICRPの緊急声明、特にALARAになぜそんなに拘るのか載っていました。それによりますと、福島の運動場で子どもを遊ばせても大丈夫、心配ない、と言っておきながら、ご自身の身内は愛知県の方に疎開させた云々とあります。事実関係をお教え願いたい」

服部企画部長が言っていたとおりの質問だった。

「私は、福島市に実の妹が住んでおり、娘を私の家、つくば市内ですが、そこで暫く預かってもらえないかと相談を受けました。三月下旬のことです。福島市内なら原発から遠く離れているし、放射線の心配はいらないと言って、断りました。その後、四月中旬に愛知県岡崎市の実家に私が偶然帰省したときに、その娘がいて、私自身がびっくりした次第です。ですから、週刊誌の記事はまったく事実に反します」

大志田は続けた。

「週刊情報の記事の酷さには、目に余るものがあります。放射線についても、徒に恐怖心を煽る姿勢には許しがたいものがあります。このような国難に際しても、ただ販売部数を伸ばせばよいというだけ。こういう興味本位の情報に惑わされないでいただきたい」

「次に、猪俣参考人にご質問します。ご承知のように、浜岡《はまおか》原子力発電所が先月十四日に停止しました。現在稼働中の原子力発電所も、時期が来れば定期点検に入ります。点検したあと、再び稼働するのか、それとも当面停止とするのか。ここでは、その是非の議論ではなく、もう少し長期的な視点で我が国のエネルギー政策がいかにあるべきか、ご意見を承りたいと存じます」

「私はエネルギー論の専門家ではないですから、わかる範囲でのお答えですが……」

考えを整理するのか、猪俣は暫く間を取ってから話し始めた。

「再生可能エネルギー論者が、太陽光や風力でエネルギーを賄うとよく主張します。しかし、エネルギー密度が低過ぎて、大量のエネルギーを得るのは無理でしょう。エネルギーというのは、自然の恵みとしてあるがままの状態で使えるかどうかが肝要です。つまり、人間が、これから手を加える必要がないのが理想です。そういう意味では、なんといっても石油でしょう。しかし、地球温暖化問題がある以上、脱石油は必須です。それから、水素が二酸化炭素フリーのバラ色のエネルギーとして持て囃されていますが、これも大きな誤解があります。そういうことを私は強調したいですね」

猪俣は、考えながら一語一語噛みしめるように語った。

「水素は、水やメタンから事実上、無尽蔵に得られ、大いに期待できるのではないですか？」

長谷川議員が質問した。

「水素は、自然界に単体では存在しないので、人工的に水素を作るのに原料が要りますよね。あの、エネルギー保存の法則というのがあります。よろしいですか。無から有はできない。メタンから水素を作って、あるいは水を電気分解して水素を作って、その水素を燃やしてエネルギーを得る。なんか変だと思わないですか？　話が回ってるだけでしょう。エネルギー問題とか放射線の安全性とか議論するんだったら、少しは勉強しないといけませんよ。よくわかってない人間が技術的な裏づけもなく、いい加減な夢物語を吹聴していると、無性に腹が立つんです」

「終わります」

長谷川議員が憮然とした表情で言った。

「本日は、これにて散会します」

岡本委員長の声が会議室に響いた。

大志田は、猪俣と一緒に委員会室を出て、出口に向かった。

「猪俣さん、やりましたね」

大志田が笑みを浮かべながら声をかけると、猪俣は、

「君もそうじゃないか」と口もとを緩めた。

二人は、玄関のロビーで白井がやって来るのを待った。

エレベーターの扉が開いた。傘木副大臣が真ん中に立って、まっすぐに正面を見つめ

ていた。横には白井がいた。

大志田は、傘木副大臣と一瞬目が合ったと思い、軽く頷いたが、副大臣の反応はなかった。猪俣の様子を見ると、傘木副大臣に歩み寄るでもなく突っ立ったままだ。副大臣に一言挨拶するくらいの間柄では……。やはり、さっきの猪俣の発言が影響しているのかもしれない。

白井は玄関を出て、車寄せに傘木副大臣を案内した。まもなく公用車がやって来て、副大臣が後部座席に乗り込むと、白井は低頭して車を見送った。

白井が、やれやれといった顔で二人に歩み寄って、

「どうも、お疲れさまでした」

「緊張したけど、どうにか乗り切りましたよ」

大志田は微笑《ほほえ》んだ。白井と猪俣は、互いに軽く会釈した。

三人で地下鉄国会議事堂前駅に向かった。大志田を真ん中に、白井と猪俣が左右に並んで歩いた。

警察官が所々に立っていた。五時過ぎだというのに、日差しはまだ高かった。

「これで結局どうなるんですか？」

今日の国会質疑で何か変わるのだろうかと思って、大志田は訊いてみた。

「すぐどうということはないですよ」

白井は、あっさりと答えた。

「副大臣が『一ミリシーベルトです』といった発言、あれは、白井さんの答弁で修正したということですか?」

「まあ、そういうことですね」

「白井さんが答弁したとき、副大臣は首を傾げてましたよ」

「そうですか」

白井は苦笑した。

「大志田さんが言っていたとおりになりましたね」

「えっ?」

「井川議員は、私が答弁した後、一ミリシーベルトのことを追及しなかったでしょ」

「ええ、次の質問に移りましたね」

「わかりにくいと逆に追及されない。大志田さんの知恵の勝利ですよ」

「いや、そんなことはないですよ」

大志田は謙遜《けんそん》したが、自分のアイデアが奏功した気がしていた。一ミリシーベルトか二〇ミリシーベルトかといった議論に拘っていても何も生まれない。

「今日は思う存分、言わせてもらったよ」

猪俣が機嫌よさそうに白い歯を見せて笑った。

「私もです」

大志田も調子を合わせて微笑んだ。

「お二人とも聴いていて、ハラハラしましたよ」

白井も一緒になって笑った。

「お願いされて遠くから来たわけだから、少しは言わせてもらわないとね」

「猪俣さんのエネルギー政策の発言、心の中で拍手してましたよ」

白井が笑顔で言った。

「自然エネルギーがやたらと持て囃されるけど、原子力に代わる良いこと尽くめのエネルギーなんて本当にあるのかって言いたいよ」

「仰るとおり」

白井が明るく弾んだ声で応えた。

国会議事堂前駅の入口に着くと、白井は立ち止まって、

「それでは、私はここで失礼します。大志田さん、いろいろとお世話になりました。研修、頑張ってください」

「こちらこそ。校庭利用、うまく収束するといいですね」

「猪俣さん、つくばシンポジウムでは大変お世話になりました。今日もお疲れさまでした」

「いや、どうも」

猪俣は照れ臭そうだった。

「ありがとうございました」

白井は、改めて姿勢を正して挨拶すると、そのまま霞が関の官庁街に向かった。

「猪俣さん、これから……」

このままあっさり別れるのも惜しいような気がした。

猪俣と会うのは当面、今日が最後だ。食品安全委員会で初めて会ったときから随分たった気がしていた。その間、猪俣に対する見方も大きく変わった。放射線の安全性に対する考え方に隔たりはあるが、互いに相容《あいい》れないといった感じはもうしなかった。

「六時東京発。明日は朝から講義があるんだよ」

「それじゃ、途中まで一緒に」

地下鉄丸ノ内《まるのうち》線に乗った。通勤時間帯に重なり満員だった。大志田の目の前に長身の猪俣の横顔があった。

ふと、猪俣が大志田に顔を向け、呟いた。

「彦坂先生に会ったよ」

「えっ！」

大志田は驚いて、猪俣の眼を食い入るように見つめた。

黒縁眼鏡の奥の眼が優しかった。

「つくばでシンポジウムをやったあくる日にね」

「小淵沢まで行ったんですか？」

「うん、以前、君から先生の住所を聞いていただろ」

「そうだったんですか」

大志田は納得できた気がした。

今日の猪俣の陳述は迫力があった。反対運動に走った過去の自分を否定し、原子力を擁護したのも、本人の偽《いつわ》らざる心境を語ったのだ。帰り際、傘木副大臣に挨拶しなかったのも、反対運動に訣別《けつべつ》した思いからかもしれない。彦坂に会ったことで、何か心変わりするものがあったのだろう。

電車は東京駅に滑り込んだ。

「それじゃ、また」と言って猪俣は降りた。

「ええ、また」と大志田も応えた。

大志田は咄嗟に車外に出た。

「どうでした！」

猪俣の背中に向かって声を張り上げた。

猪俣は振り向きざま肩越しに、「良かったよ」と言うと、足早に去って行った。

ドアが閉まる寸前、大志田は慌てて車内に戻った。

8

六月二日、木曜日――

大志田は朝食を終えると、リビングのソファで、ゆっくり朝刊に目を通していた。

寛治は、すでに学校に行った。

以前のように、福島第一原子力発電所の事故関連のニュースが紙面の大半を占めるようなことは少なくなっていた。それだけ落ち着きを取り戻してきていた。

道子がコーヒーを二つ運んできて、テーブルの上に置くと、向かいに腰を下ろした。

「文科省には、もう行くことはないの？」

「うん。一区切りついたからね」

道子は、コーヒーに口をつけた。

「これ見てみろよ」

大志田は、『校庭に歓声』と見出しが書かれた記事を道子に示した。

――屋外活動を制限していた福島市の××小学校では、児童の屋外活動を再開した。当面は休み時間のみだが、今月末をめどに、屋外での体育授業を再開する。なお、マスクと帽子《ぼうし》の着用や長袖《ながそで》を着て肌の露出を極力避けるなどの制限を付けた。休み時間になると、児童が一斉に校庭に飛び出し、友達と元気に遊び回った。ドッジボールで体を動かしたA君は「外で遊べなかったので、ずっと楽しみにしていた。次に鬼ごっことサッカーをしたい！」と大喜びだった。──

道子は読み終えると、

「あゆみちゃんも、疎開するほどではなかったのかしらね」

「そうだよ。放射線が高い時期もあったけど、暫くの辛抱だったんだよ。まあ、結果論だけどな」

大志田は、コーヒーを一口飲んだ。

「そうすると、アメリカへはいつ出発するの？」

「今月下旬の予定だよ」

「もうすぐだわね。住居は大丈夫？」

「昔、住んでいた町だから心配いらないよ。インターナショナル・ハウスという短期滞在できる施設があって、空きも確認している」

この日、猪俣からメールが届いていた。猪俣からメールをもらうのは初めてのことだ。『ご挨拶（猪俣）』と改まった感じのタイトルが記されていた。


——猪俣です。

昨日は地下鉄車内で、彦坂先生に会った話をしましたが、時間がなくて、言いそびれてしまいました。

昔、あのような形で研究室を去った私ですが、機会があるなら一度、会ってみたいとかねてより思っていました。三月に貴兄《きけい》と会ったことがきっかけで、その思いをさらに強くしました。つくばシンポジウムの後、先生の具合が悪いと聞いたので、急遽《きゅうきょ》、小淵沢まで行くことにしました。

先生といろいろお話できただけでなく、奥様ともお会いでき、何よりでした。

帰り際、先生から言われた一言に救われる思いがしました。考え方に違いはあったとしても、彦坂門下生として大志田君と協力してやっていってほしいと。

私は、これからもバイスタンダー効果の研究を続けます。ウチの研究室に反対運動の生き残りの助教が一人いますが、研究仲間に誘ってみるつもりです。

最後に、彦坂研究室のOB会に参加できるようなら、声をかけてください。

六月一日――

彦坂門下生として大志田君と協力してやっていってほしいという言葉は、素直に嬉しかった。

大志田は、さっそく返事を書いた。


――メール拝見しました。

これまでお伝えしていませんでしたが、私は、この四月から研修中の身で、近くアメリカへ渡ります。以前お話したペンシルベニア州立大学です。

ICRPをもっと体系的に勉強し直して、放射線防護に本格的に取り組んでいこうと思っています。ICRPの主だったメンバーをインタビューして回るつもりです。委員によって異なる考え方を持っているはずで、そのあたりを探れればと思っています。計量研に入って以来、放射線計測を専門にやってきましたが、もともと、彦坂研では放射線の生物影響を専門にしていたので、原点に立ち返り再出発するような気持ちです。

猪俣さんがＩＣＲＰを批判的に捉えていることは十分承知しています。私もＩＣＲＰを絶対視しているわけではありません。ＩＣＲＰには限界があるようにも思います。放射線の世界に閉じこもり、唯我独尊《ゆいがどくそん》を決め込んではならないと思います。放射線のリスクを考える場合には、放射線以外のリスクも含めた全体のリスクを常に頭に入れておかなければなりません。そういう意味では、先日のつくばシンポジウムは、ものすごく勉強になりました。

福島第一原子力発電所の事故対応から一旦、戦線離脱するようで躊躇いを感じないわけではありません。しかし、事故対応はまだ始まったばかり。今後もずっと続く課題なので、今は心置きなく研修に精を出そうと思っています。

今年のＯＢ会に私は出席できませんが、幹事に猪俣さんに案内を送るよう連絡しておきます。

渡米後も、産技研のメールサーバーにアクセスできますので、何かありましたら、このアドレスにご連絡ください。今後ともよろしくお願いいたします。

大志田信吾――

六月下旬――

梅雨の中休みの蒸し暑い日だった。

成田《なりた》国際空港の出発ロビーは、オフシーズンで比較的空いていた。

航空会社のカウンターで搭乗《とうじょう》手続きを済ませた大志田は、出国手続きに向かう途中で、見送りの人達と最後の言葉を交わしていた。

「じゃあ、気をつけて。向こうに着いたら、メールちょうだい」

道子が言った。

「たまには、福島の珠美にも電話してやってくれよ」

「うん、わかった」

「研究室のほう、よろしく頼むよね」

「わかりました」

放射線研究室からは、末永と橘が来ていた。

「僕も早くサバティカル制度を使える身分になりたいなあ」

橘が冗談めかして言うと、

「二〇年早いよ」

大志田は笑いながら応えると、出国手続きの入口に向かった。

「大志田さん」と脇から名前を呼ぶ声がした。

顔を向けると、文精社の夏目だった。

「どうしてここに⁉」

大志田は顔をしかめると、夏目は微笑みながら、

「アメリカの大学に行かれるそうで……」

「君のとこは、もう取材を受けないと言ってあるだろ！」

「いえ、今日は取材ではありません。私、会社を辞めました」

「うむ？」

驚いて夏目の顔をじっと見た。

「大志田さんには、この三カ月余り、ご迷惑をおかけしました」

会社を辞めて、こうして殊勝《しゅしょう》に挨拶されると、軽くあしらうわけにもいかない。

「うん、そうだよなー。どうして辞めたの？」

「おわかりでしょうけど、編集方針に納得いかなかったし……」

「あのデスクじゃあなー。それで、これからどうするの？」

「フリージャーナリストとして科学分野を取材しようと思っています。当面、つくばを拠点にして」

「ふーん。つくばなら古巣じゃないか」

「このあいだ、産技研の放射線研究室に取材に行きました。そのとき橘さんから、大志田さんが研修でアメリカに行くと聞きまして」

橘のいるほうを振り返ると、皆が笑顔でこちらを眺めていた。

「君、バイスタンダー効果を取材したいと言っていたけど、ちゃんと猪俣さんには取材したのか」

「いえ、まだです。近く、H大学を訪ねてみようと思っています」

夏目は頭を掻きながら言った。

「大志田さんから猪俣さんの取材を勧められるとは思いませんでしたよ」

夏目は笑みを浮かべながら言った。

「うん？　真面目に取材しろよ。それじゃあ」

「ええ、大志田さんもお元気で！」

大志田は後ろを振り返って、皆に向かって「それじゃ、行ってきます」と大きな声で挨拶すると、踵《きびす》を返して出国手続きの入口に向かった。

エピローグ

平成二十九年五月――

東日本大震災から六年が経過した。

福島第一原子力発電所は、鉄骨が剥き出しとなった原子炉建屋が聳《そび》える一方で、かつて空き地だった場所には汚染水タンクが所狭《ところせま》しと立ち並び、その光景は大きく様変わりしていた。地面はモルタルで覆われ、作業環境も改善され、全面マスクや防護服が必要なエリアは大幅に減少したという。

しかし、廃炉作業は、順調には進んでいない。中長期ロードマップ（工程表）は、これまでに何度も改定されてきた。瓦礫《がれき》の撤去やデブリ（原子炉容器内に溶け落ちた核燃料）の確認など、準備作業が捗《はかど》らず、核燃料の取り出しに着手できないからだ。

汚染水対策についても、原子炉建屋への地下水の流入を防ぐ凍土遮水壁《とうどしゃすいへき》や浄化設備による汚染水の浄化には、一定の成果はみられるものの、浄化処理をしたあとに残るトリチウム水の処分については、目途が立っていない。

国際原子力機関をはじめ、海洋放出など早期の処分を促す意見が表明されているが、地元漁業関係者の反対や風評被害への懸念から、東京電力も政府も責任を持った判断をせず、今後の見通しがつかない事態に陥っている。政府は、地層注入や大気放出、海洋放出、地下埋設《まいせつ》などの多様な選択肢について、評価・検討しているというが、その間にもトリチウム水は増え続け、汚染水タンクの数は九〇〇基にもなろうとしている。

除染については、放射線量が高く、居住や立ち入りが制限されてきた帰宅困難区域を除き、平成二十九年三月までに概《おおむ》ね終了している。現在、仮置場に保管されている汚染土壌などは、今後、中間貯蔵施設に輸送され、最終処分されるまでの間、国により集中的に管理・保管される。

中間貯蔵施設は、大熊町と双葉町に跨《また》がる面積一六平方キロの広大な土地に整備が進められており、ここに東京ドーム十数杯分と見込まれる廃棄物が貯蔵される。そのあとは、中間貯蔵開始後三〇年以内に、福島県外の最終処分施設へ搬出され、最終処分を完了することになっている。

一方、これまで本格的な除染作業が行われてこなかった帰宅困難区域（福島第一原発周辺の七市町村に跨る）では、平成二十九年度からやっと復興事業に着手することになった。市町村の実態に合わせて復興拠点を設定し、そこを中心に除染とインフラ整備を一体的に行うという。

避難指示区域の見直しは、除染の進捗と相まって計画的に進められている。かつての警戒区域と計画的避難区域は、年二〇ミリシーベルト以下になることが確実で、生活インフラが概ね復旧したところから、避難指示が解除されてきている。

子ども達の校庭利用の問題は、土の除去や入れ替えを行った学校などもあり、早い段階で落ち着きを取り戻した。ただ、甲状腺検査について、検査結果の解釈や今後の検査のあり方を巡って、議論が繰り広げられている。

甲状腺検査は、震災発生時に十八歳以下だったすべての県民を対象にした一巡目の先行検査（平成二十三年～二十五年）と、原発事故後に生まれた県民を加えた二巡目の本格検査（平成二十七年～二十八年）と続き、今後、二年に一回のペースで実施される予定だ。

福島県としては、チェルノブイリ原発事故に比べて被曝線量が遥かに低く、事故の影響は考えにくいこと、甲状腺癌の増加は高性能の診断装置を導入したことによる可能性があることなど、内外の専門家の意見を踏まえ、今後の検査を、希望者を対象にした自主検査に切り替える意向だ。それに対し、一巡目では問題なしとされたものの、二巡目で癌が見つかった者が多く、被曝による可能性が排除できないこと、甲状腺検査は、規模縮小するのではなく、むしろこれまで福島県のように検査をしてこなかった他県にも拡充すべき、と主張する専門家もいる。

食品については、食品安全委員会が平成二十三年三月末に追認した暫定的規制値を、その後、緊急対応ではなく長期的な視点から見直すとして審議を重ね、新たな基準値を設定した。その結果、放射性セシウムの基準値が年間五ミリシーベルト相当から一ミリシーベルト相当に引き下げられ、今日に至っている。

福島第一原発事故からの復興は、比較的順調に進んでいる部分と、そうでない部分、まだ着手すらできていない部分と、進捗《しんちょく》の度合いはまちまちだ。これらの課題解決に当たって、適切な放射線防護を実現する観点から、大志田信吾が必要性を説いたALARAの考え方を活かす場面が随所にあろうが、現実はそうなってはいない。

松崎忠男　まつざき・ただお

1953年生まれ。東京大学工学部卒業、米国ペンシルベニア大学大学院修士課程修了。旧科学技術庁に入庁。文部科学省で科学技術行政などに携わる。本書で第4回エネルギーフォーラム小説賞を受賞（応募作『合理的に達成できる範囲で低く』を改題し、加筆）。

小説　1ミリシーベルト

2018年3月20日第一刷発行

著者　松崎忠男
発行者　志賀正利
発行所　株式会社エネルギーフォーラム
〒104-0061 東京都中央区銀座5-13-3 電話 03-5565-3500
印刷　錦明印刷株式会社
製本　大口製本印刷株式会社
ブックデザイン　エネルギーフォーラム デザイン室

定価はカバーに表示してあります。落丁・乱丁の場合は送料小社負担でお取り替えいたします。

ISBN978-4-88555-489-6